Traum – Job – Trauma

Berufsbiografie einer Pflegefachfrau

Von Franziska Frieden

Traum – Job – Trauma

Berufsbiografie einer Pflegefachfrau

Von Franziska Frieden

Die Deutsche Nationalbibliothek verzeichnet diese Publikation in der Deutschen Nationalbibliothek; detaillierte bibliografische Daten sind im Internet über dnb.dnb.de abrufbar.

©2022 Franziska Frieden

Herstellung und Verlag: BoD – Books on Demand, Norderstedt

ISBN: 9-783734- 71675-1

Inhalt

Prolog

Die ungewohnten Umstände während der Corona-Krise haben mich dazu bewogen, diese Berufsbiografie zu schreiben und darin meine Gedanken und Erinnerungen zu den letzten 25 Jahren in meinem Beruf als Pflegefachfrau HF schriftlich festzuhalten. Mein Partner gehörte zur Risikogruppe und ich wollte ihn nicht gefährden, deshalb reduzierte ich meine Pflegetätigkeit.

- Die Pandemie verschaffte mir einen Schub an aussergewöhnlicher Kreativität, fast so, als ob in meinem Innern ein Dammbruch stattgefunden hätte.

Ich setzte mich jeden Morgen diszipliniert pünktlich um 7 Uhr an den Schreibtisch und überwand damit die Antriebslosigkeit, die unter dem selbst auferlegten Hausarrest aufzukommen drohte.

Von meinem Wohnzimmer und Balkon aus konnte ich auf den kleinen Park mit Kastanienbäumen und einem Spielplatz sehen. Früh morgens trank ich dort meinen Frühstückskaffee und beobachtete währenddessen das Kommen und Gehen auf der Strasse. Erst jetzt erkannte ich ein Muster in den Abläufen in meiner direkten Nachbarschaft. Um 5.45 Uhr sah ich in der Seitenstrasse den Zeitungsboten, der von Briefkasten zu Briefkasten ging; kurz danach verliess ein frisch pensionierter Nachbar das Haus, um mit dem Fahrrad davonzufahren. Als mein Kaffee schon fast ausgetrunken und die Sonne aufgegangen war, hörte ich aus einiger Distanz, wie sich die Frau mit dem kurzhaarigen braun-weissen Hund näherte; sie litt unter chronischem Husten, das war ihr Erkennungszeichen. Ich beobachtete den Tanz der Vögel und die sich ständig verändernden Wolkenbilder am Himmel. Täglich spielten, fast zu jeder Uhrzeit, viele Kinder im Park. In meinen Schreibpausen sah ich zu, wie die Kleinen auf der Schaukel um den besten Platz rangen oder sich hinter den Bäumen versteckten. Sie schrien vor Begeisterung. Ihre Freude wirkte ansteckend und übertrug sich auf mich. Drei Mal wöchentlich ging ich nachmittags mit meinem Lebenspartner spazieren, andere physische Kontakte mied ich.

In diesem Rhythmus vergingen etliche Wochen und Monate. Die Pandemie wurde unerwartet zu meiner persönlichen Chance, eine ganz neue Seite an mir zu entdecken: - die der Schriftstellerin.

Mein grösstes Anliegen, diese Biografie zu schreiben, lag darin, einen Beitrag zu leisten zur politischen Diskussion rund um die Entwicklung unseres Gesundheitswesens. Mit diesem Buch möchte ich die Menschen für die Wichtigkeit der Pflege sensibilisieren und das Verständnis für die Zusammenhänge sowie mehr Wertschätzung für den Beruf fördern. Es ist mein Ziel, dass Sie als LeserIn durch meine Schilderungen eine realitätsnahe Perspektive auf die pflegerische Care-Arbeit und ihr aktuelles Umfeld gewinnen können.

Mein Bericht ist eine ganz persönliche Geschichte, gefärbt von eigenen Vorstellungen und Meinungen. Gleichwohl stellt er eine Chance dar, die Sicht auf das Gesundheitssystem der Schweiz zu überdenken und manches vielleicht besser zu verstehen.

Als langjährige und erfahrene Berufsfrau beschreibe ich die Arbeitsbedingungen in der Pflege während der letzten zwanzig Jahre. Dieser Einblick offenbart viel über die Entwicklungen und die Ursprünge, die zum heutigen Pflegenotstand mitsamt seinen

Konsequenzen geführt haben. Die Ansichten, die ich vertrete, erheben nicht den Anspruch, frei vom Einfluss meiner eigenen Schwächen und meiner möglicherweise falschen Überzeugungen zu sein, trotzdem bin ich überzeugt von ihrer Aussagekraft. Die Umstände, die Fallbeispiele sowie die erlebten Situationen sind aus subjektiver Perspektive formuliert, doch das sind keine Einzelfälle – womit sie einen gewissen exemplarischen Wert erhalten.

Vor über zwanzig Jahren habe ich mein Diplom zur Pflegefachfrau HF erhalten. In den vorliegenden Aufzeichnungen berichte ich über die Höhen und Tiefen meiner Berufslaufbahn. Diese verlief nicht immer geradlinig. Doch rückblickend zeigt sich ein grosses Ganzes. Während der einzelnen Etappen meiner beruflichen Entwicklung durchlebte ich jedoch einige Momente der Verwirrung, der Ungewissheit und Frustration. An solchen Punkten kam es früher oder später zu Veränderungen in meinem Leben, die ich vorher nicht für möglich gehalten hätte. Diese Schlüsselmomente haben mich weitergebracht, sie waren Voraussetzung zur inneren Transformation. Fast alles, was mir im Beruf widerfahren ist, hat massgeblich zu meiner Persönlichkeitsbildung beigetragen.
Der Pflegeberuf ist eine Begegnung mit dem Leben «par excellence». Jeder Aspekt der täglichen Arbeit hat mit menschlichen Schicksalen zu tun, die uns allen widerfahren könnten. Die Fülle der Erfahrungen, die ich als Pflegefachfrau machen durfte, ermöglichte mir, mich immer wieder selbst zu reflektieren und Neues zu entdecken.

Mit der Ausbildung in allgemeiner Krankenpflege (AKP) und dem späteren Wechsel in die Psychiatriepflege mit Schwerpunkt

Gerontologie (Alterspflege) und einer Stelle auf der psychiatrischen Notfallstation habe ich *vier* Fachbereiche kennengelernt, die sich stark voneinander unterscheiden und doch viele Gemeinsamkeiten haben:

- Die *allgemeine Krankenpflege* kümmert sich in erster Linie um somatische Beschwerden, mit anderen Worten um körperliche Leiden. Nach chirurgischen Eingriffen, in der Rehabilitation oder bei chronischen Krankheiten deckt sie die Grund- und Behandlungspflege ab.
- In der *Psychiatriepflege* liegen die Hauptaufgaben im Bereich der Gesprächsführung, bei der Hilfe in der Alltagsgestaltung sowie in der Koordination.
- Die *Alterspflege* legt das Hauptaugenmerk auf die Vulnerabilität der SeniorInnen, auf die Verletzlichkeit dieser Personengruppe. Oftmals sind die Betroffenen durch mehrere Krankheiten geschwächt, psychische und körperliche Aspekte greifen ineinander.
- In der *psychiatrischen Notfallstation* bekam ich punktuelle Einblicke in vielfältige Akutsituationen.

Zwischen diesen Bereichen verlaufen die Grenzen fliessend, doch es gibt auch klare Unterschiede.

Ich betrachte es als wesentlichen Vorteil, dass ich diese spezifischen Differenzen der Spezialgebiete kenne und Fachwissen in allen vier Disziplinen besitze - es schärfte meinen Blick für die Zusammenhänge und die Komplexität von Pflegesituationen aller Art. Ausserdem treffen die Bereiche auf den Grossteil von

PflegeempfängerInnen zu. Entsprechend sind die geschilderten Erlebnisse beispielhaft für den Alltag der Mehrheit von uns Pflegefachpersonen.

Unter professioneller Pflege verstehe ich das Fördern und Erhalten von Gesundheit, Schäden vorzubeugen, Menschen in der Behandlung zu unterstützen und ihnen im Umgang mit den Auswirkungen von Krankheit beizustehen. Dies tat ich immer mit dem Ziel, für unterstützungsbedürftige Menschen sehr gute Behandlungs- und Betreuungsergebnisse sowie die bestmögliche Lebensqualität in allen Phasen ihres Lebens bis zum Tod zu erreichen.

Mein Engagement richtete sich an alle Betroffenen in jedem Erwachsenenalter und umfasste die Prävention, die Begleitung bei akuter und chronischer Krankheit, während der Rekonvaleszenz und Rehabilitation, in der Langzeitpflege sowie in der Palliativmedizin. Meine Dienstleistungen beruhten auf der Beziehung zwischen den betreuten Menschen und mir, welche von mir geprägt wurde durch sorgende Zuwendung, Einfühlsamkeit und Anteilnahme. Meine professionelle Haltung basierte auf wissenschaftlichen Erkenntnissen sowie reflektierter Erfahrung und bezog psychische, spirituelle, lebensweltliche sowie soziokulturelle, alters- und geschlechtsbezogene Aspekte mit ein.

Ohne vernetztes und ganzheitliches Denken wäre dies unmöglich gewesen. Ich legte grossen Wert auf die Zusammenarbeit mit den betreuten Menschen, den pflegenden Angehörigen und den Austausch im interprofessionellen Team. Es zählte für mich ganz selbstverständlich dazu, die Verantwortung für meine Entscheide und mein Handeln zu tragen und ethische Richtlinien zu berücksichtigen.

Mein grosses Interesse an fremden Kulturen war ein Vorteil, um der hohen Diversität der Menschen in der Schweiz gerecht zu werden. Es war mir wichtig, mich nicht von Vorurteilen leiten zu lassen; diese sind ja bekanntlich oft unbewusst. Ich hinterfragte mein Verhalten immer wieder unter diesem Blickwinkel. Vorurteilsfrei zu handeln, setzte eine grosse Offenheit für alles Fremde und Unbekannte voraus. Die Unterschiede zeigten sich nicht nur in Bezug auf die Herkunft, sondern auch in den verschiedenen sozialen Schichten. Ich habe versucht, mir der Differenzen zwischen einem Leben am Existenzminimum und dem von wohlhabenden Menschen ständig bewusst zu sein, denn diese wirken sich enorm stark auf die Möglichkeiten aus, die PatientInnen im Umgang mit Krankheit besitzen.

Menschen mit ihrer Biografie kennenzulernen, erschien mir spannender als jeder Krimi und alle Oscar gekrönten Kinohits zusammen:

Meine differenzierte Beobachtungsgabe und mein gutes Wahrnehmungsvermögen halfen mir, hinter einer aufgesetzten Fassade oder vordergründigen Problemen einer durch Krankheit eingeschränkten Person, Zusammenhänge und Strukturen in den Lebensgeschichten zu erkennen. Dadurch konnte ich oftmals die Ursachen der aktuellen Schwierigkeiten erahnen und im besten Fall aufdecken. Gelang es gemeinsam mit den Betroffenen den Ursprung eines Problems zu beheben, war das wie die Entdeckung eines wertvollen Schatzes, der tief auf dem Meeresgrund gelegen hatte.

Kaum ein anderer Berufszweig kann für sich beanspruchen, so realitätsnah zu sein.

Dies empfand ich als grosses Geschenk.

Personenschutz und Gender

Die Angaben zu meiner Person und meinem Werdegang entsprechen den Tatsachen. Institutions- und Ortsnamen nenne
ich aus Diskretionsgründen nicht.

Die Fallbeispiele wurden so verändert, dass die Personen
nicht erkenntlich sind; damit wird der Datenschutz gewährleistet. Ich unterstehe der Schweigepflicht. Die Geschichten
habe ich anhand meiner Erinnerungen an tatsächlich Erlebtes
rekonstruiert.

Ich bin überzeugt, dass sich die Umstände an jedem beliebi-
gen Ort in der Schweiz ähnlich dargestellt hätten; die Unterschiede zwischen den einzelnen Kantonen und Institutionen
sind deshalb vernachlässigbar.

In meinen Schilderungen möchte ich alle Geschlechter gleichwertig behandeln.

Trans*-Menschen bitte ich, sich mitangesprochen und -einbe-
zogen zu fühlen.

Berufswahl, die Qual der Wahl
Der Beginn einer spannenden Geschichte

Papiere ablegen, telefonieren, Rechnungen eintippen, Bestellungen machen, den Besprechungsraum der Strumpfwarenfabrik für Sitzungen vorbereiten. Was hatte das eigentlich alles für einen Sinn, und konnte ich mir ein solches Leben überhaupt   vorstellen?
Ich befand mich in der Mitte meiner kaufmännischen Ausbildung und fing an, alles infrage zu stellen. Nebst dem einigermassen spannenden Berufsschulunterricht, mit den für mich interessanten Fächern Rechtslehre, Buchhaltung, Staatskunde, Informatik und Sprachen, glich ein Arbeitstag dem anderen. Ich war 17 Jahre alt und hatte noch keine klare Vorstellung von meiner Zukunft.

In einer Kleinstadt, wo ich bei meinen Eltern wohnte, verbrachte ich meine Kindheit und Jugend. Sport gehörte zu meinem Leben - nicht wie ein Zwang und auch nicht wie ein Streben nach Leistung, sondern ganz selbstverständlich wie das Zähneputzen nach dem Essen. Zur Arbeit fuhr ich mit dem Fahrrad, in der Freizeit ging ich gerne im örtlichen Strandbad schwimmen, und in den Ferien wanderte ich voller Entdeckerdrang mit meiner Familie durch die Schweizer Bergwelt. In der Stadtmusik spielte ich Waldhorn; das Harmonie-Orchester hatte pro Jahr zwei grosse Konzerte und wir übten immer dienstags auf diese beiden Auftritte hin. Ein anderes Hobby stellte mein Engagement in der kirchlichen Jugend dar. Ich war Vorstandsmitglied und half bei der Organisation diverser Anlässe mit.

Meine Persönlichkeit war aufgeschlossen und fröhlich; die Energie sprudelte nur so aus mir heraus. Ich wollte etwas erreichen, obwohl ich noch nicht genau wusste, was das sein sollte. Mein Vater legte viel Wert darauf, dass meine beiden Geschwister und ich, die Älteste, eine fundierte Berufsausbildung absolvierten. Er war Verfechter des schweizerischen Berufsbildungssystems und selber Handwerksmeister mit eigenem Sanitär- und Spenglereibetrieb.

Meine Mutter hatte Kindergärtnerin gelernt, war kreativ, eine gute Hausfrau und immer für uns da. Kurz: Ich verbrachte eine schöne Kindheit und Jugend in einem bürgerlichen Elternhaus mit christlichen Werten.

Die Sekundarschule, die ich besuchte, ermöglichte keinen Zugang zum Gymnasium mit einem Matura-Abschluss. Ein Studium kam deshalb nicht infrage; ich hätte mit einem Zusatzjahr in die Bezirksschule wechseln müssen. Doch das stand nicht zur Debatte: Eine Berufslehre zu beginnen, reizte mich damals viel mehr als zu studieren. Ich schnupperte in verschiedenen Branchen: Eine Woche arbeitete ich in einer Konditorei, ein paar Tage in einer Hotelküche und eine weitere Woche als Sanitärzeichnerin. Einige Tage verbrachte ich auf der Baustelle, wo wir Rohre in einem Neubau montierten - das war ein Blick in eine raue Männerwelt, die den meisten

Frauen damals verborgen blieb, und ehrlich gesagt fühlte ich mich etwas fehl am Platz.

Alle diese Einblicke fand ich zwar spannend, doch nichts davon überzeugte mich wirklich.

Schliesslich entschied ich mich für eine kaufmännische Lehre, weil meine Eltern fanden, damit könne man nichts falsch machen. Nach eineinhalb Jahren Ausbildung in der örtlichen Strumpffabrik war ich gut in die Firma integriert, doch die Freude an den Aufgaben, die es zu erledigen gab, wollte sich nicht einstellen. Ich fand es öde, tagelang Rechnungen in den Computer einzutippen oder Papiere alphabetisch zu ordnen. Die Arbeiten hatten keine Seele, sie waren einfach Verpflichtungen, die erledigt werden mussten. Ich träumte davon, etwas Sinnvolles zu tun.

In dieser Zeit las ich einen Artikel über den Urwaldarzt Albert Schweitzer und seine Klinik im afrikanischen Lambaréné. Seine Hingabe als Arzt und seine pazifistisch-humanistische Einstellung imponierten mir. Er war so mutig, in dieser Wildnis zu leben und zu arbeiten. Damals gab es noch kaum Infrastruktur vor Ort, die Natur dominierte, es gab viele Gefahren. Das Leben der Menschen, auch das von Albert Schweitzer, war sehr einfach und bescheiden. Er war mir ein Vorbild und ich strebte danach, so zu werden wie er. Der Grundstein für meinen späteren Idealismus war gelegt.

Berichte in der Tagesschau über Hunger- und Krankheitsnöte armer Völker beschäftigten mich. Ich wollte einen Beitrag leisten zur Bekämpfung des Elends. Doch wie sollte ich dies anstellen? Ich überlegte, dass ich mich dazu einer Organisation wie dem Roten Kreuz anschliessen könnte. Vorher müsste ich mir allerdings das nötige Wissen dazu aneignen.

Nach kurzem Nachdenken stand mein Entschluss fest: Ich wollte Krankenschwester werden und mich später um einen Auslandeinsatz bewerben. Ich hoffte, in Krisengebieten Menschenleben retten zu können. Meine Vorstellungen waren noch sehr naiv und später zeigte sich: So einfach würde das nicht werden.

Wie in meiner Familie üblich, sollte etwas einmal Begonnenes auch ordentlich zu Ende geführt werden. Ich schloss daher zuerst die kaufmännische Ausbildung ab. Meine Abschlussnote fiel zufriedenstellend aus und mit Stolz nahm ich das Diplom entgegen. Damit hatte ich einen Beruf erlernt, der mich befähigte, meinen Lebensunterhalt zu verdienen. Es war ein gutes Gefühl, durchgehalten zu haben.

Da für die Ausbildung zur Krankenschwester ein Spitalpraktikum erforderlich war, legte ich ein Zwischenjahr ein und suchte eine Stelle für drei Monate in einem Spital in der französischsprachigen Schweiz. Auf diese Weise würde ich gleichzeitig meine Französischkenntnisse vertiefen können. Bald fand ich eine Praktikumsstelle auf der spezialisierten Abteilung für Aids und krebskranke Menschen.
Das war ein Sprung ins kalte Wasser. Ich wurde von der Angst gepackt, ich könnte mich mit HIV anstecken - damit

hatte ich nicht gerechnet. Damals galt eine Infektion mit dem HI-Virus noch als lebensbedrohlich.

Die unregelmässigen Arbeitszeiten, die hektische Spitalatmosphäre, anstrengende Schichten, das Mitgefühl mit den Betroffenen - alles war komplett neu für mich. Doch zum Glück war ich ehrgeizig und wollte die Situation meistern. Schliesslich gelang es mir, meine Befürchtungen zu überwinden und mein Praktikum fortzusetzen.

Gewisse Situationen brachten mich aus der Fassung. Mehrmals erlebte ich, wie Kranke plötzlich erbrechen mussten. Ich reichte den Betroffenen eine Nierenschale, die sie sich unters Kinn hielten. Dabei wurde mir selbst übel, der eklige Geruch des Erbrochenen stieg in meine Nase, ich rang um Fassung. Die PatientInnen waren oft zu schwach, um ihre Kleider und die Bettwäsche selbstständig zu wechseln, sie benötigten meine Hilfe. Ich überwand den Ekel und tat meine Pflicht. Mein Gesicht war nun genauso grün wie der Inhalt der Nierenschale. Ich beeilte mich, das stinkende Etwas so schnell wie möglich in den «Ausguss» zu bringen. Unterwegs begrüsste ich freundlich lächelnd mit einem schauspielreifen «Bonjour» BesucherInnen der Abteilung, das Gefäss mit der Körperflüssigkeit diskret verbergend. Der «Ausguss» war der Raum, in dem wir die Schmutzwäsche in Säcken sortiert nach Infektiosität sammelten und jegliche Abfälle entsorgten. Dort stand in der Ecke gleich neben der Tür eine Topfreinigungsmaschine. Ich platzierte die Schale in der dafür vorgesehenen Halterung, die Klappe ging zu und die Maschine begann mit riesigem Getöse ihren Waschgang. Bereits vollkommen automatisiert, wusch und desinfizierte ich mir die Hände, bevor ich mich der nächsten Aufgabe zuwandte.

Der Kontakt zu den Menschen und der abwechslungsreiche Alltag entsprachen mir hingegen sehr und die Freude an der Arbeit überwog. Mit dem Team verstand ich mich super. Meine Französischkenntnisse wurden besser und ich liebte die Stadt am Genfersee. Ich absolvierte mein Praktikum im Herbst, der schönsten Jahreszeit in den Rebbergen. Die Blätter der Traubenstöcke verfärbten sich und leuchteten golden im Sonnenlicht. Auf den Spaziergängen im UNESCO Welterbe des Lavaux, mit Blick auf die blaue, weite Wasserfläche, konnte ich auftanken.

Die vielen Eindrücke bescherten mir in den drei Monaten Praktikum einige schlaflose Nächte. Die Betroffenheit über die Schicksale, die ich auf der Abteilung erlebte, brachten mich an emotionale Grenzen. In meiner Hilflosigkeit suchte ich während einer Nachtwache das Gespräch mit einer diplomierten Krankenschwester. Ich berichtete ihr von meinem Gefühlchaos und fragte sie, ob ich aus ihrer Sicht für diesen Beruf geeignet sei, trotz der geringen Belastbarkeit. Sie machte mir Mut und meinte, es sei wichtig, dass empfindsame Personen in der Pflege mitarbeiten; Sensibilität sei eine Voraussetzung, um Empathie für die Kranken zu empfinden. Das half, doch ganz sicher war ich mir meiner Sache nicht mehr - die Realität hatte mich eingeholt. Die Idee, später mit dem Roten

Kreuz (IKRK) auf Auslandeinsatz nach Afrika zu gehen, rückte in den Hintergrund.

Ich beschloss, noch einige Monate im Hotelgewerbe zu schnuppern, um herauszufinden, ob mir die Arbeit im Tourismussektor womöglich besser entspräche. Im Kanton Wallis, im deutschsprachigen Goms, fand ich eine temporäre Stelle in einem Hotel Garni während der Wintersaison von Mitte Dezember bis Mitte März. Als ich mit dem Zug anreiste, empfing mich eine meterhohe Schneedecke, welche die Landschaft in eine Märchenwelt verwandelte. Mir gefiel diese Stimmung, und ich liebte es, die saubere, kalte Luft einzuatmen. Den Dialekt der Einheimischen verstand ich nicht immer gut, hörte ihn aber gerne. Ich wohnte zusammen mit zwei Arbeitskolleginnen aus dem Hotel in einem Holzchalet. Direkt neben dem Wohnhaus lag ein alter Schafstall. Er gehörte zu einem historischen Wohnhaus im Dorfkern. Eines Tages verschaffte mir dieser Umstand das Glück, die Geburt eines Lamms mitzuerleben. Es lag schleimbedeckt auf dem Stroh, während das Mutterschaf es sorgfältig ableckte - ein herzerwärmendes Bild, das sich mir einprägte.

Das Hotel umfasste zwanzig Zimmer und lag direkt an der Hauptstrasse. Die Einrichtung stammte aus den 1970er-Jahren, die Gaststube bestand aus dunklen Holzmöbeln. Ich fand das Ambiente nicht besonders einladend. Die Arbeitszeiten entsprachen mir noch weniger als die im Spital: Wir hatten während der Nachmittagsstunden frei und mussten stattdessen bis um 22 Uhr Dienst leisten. Die Zimmer zu reinigen und im Service mitzuarbeiten, war ein Knochenjob. Eigentlich hatte man mir versprochen, dass ich an der Rezeption arbeiten sollte. Umso frustrierter war ich nun über die Arbeitsbedingungen. Zudem ärgerte mich die übertriebene Erwartungshaltung einiger Gäste, die mich ständig auf Trab hielten - von Dankbarkeit keine Spur.

Mit dem Chef verstand ich mich nicht gut. Er forderte uns sehr viel ab. Einmal musste ich fünfzehn Tage am Stück durcharbeiten, mit nur einem Tag Unterbruch. An diesem freien Tag ging ich Skifahren, das besänftigte mich. Ich war froh, als das Praktikum zu Ende ging. Der Pflegeberuf schien doch besser zu mir zu passen.

Bis zum Ausbildungsbeginn als Krankenschwester fehlten noch einige Monate. Meine Eltern waren damit einverstanden, dass ich mich bei einer Sprachschule in Toronto in Kanada anmeldete. So konnte ich die verbleibende Zeit nutzen, um meine Englischkenntnisse zu verbessern. Ich wohnte bei einer «hostfamily», einer Gastfamilie, die mir Kost und Logis zur Verfügung stellte. Dadurch fand ich schnell Kontakt zur einheimischen Bevölkerung. Während eines Quartals besuchte ich einen Vorbereitungskurs für die «First»-Prüfung, ein international anerkanntes Englischdiplom. Die Nachmittage verbrachte ich am Lake Ontario oder im Garten meines temporären Zuhauses. Einmal besuchte ich das Aussichtscafé im 553 Meter hohen «CN Tower» - das Wahrzeichen der Stadt galt damals als der höchste Turm der Welt. Die Aussicht über die Millionenstadt fand ich spektakulär.

Nach bestandener Abschlussprüfung reiste ich mit meinem damaligen Freund vier Wochen durch das grosse, beeindruckende Land. Wir durchquerten mit einem Mietwagen die Rocky Mountains, unternahmen kleine Wanderungen, sahen uns an den türkisblauen Seen satt, umgeben von riesigen dunklen Nadelwäldern, und begegneten mehrmals Schwarzbären auf der Futtersuche. Einmal begrüsste uns ein Elch mitten auf der Strasse. Auf Vancouver Island besuchten wir den gemässigten Regenwald, dort umarmten wir 95 Meter hohe Fichten und Riesen-Lebensbäume. Wir lernten die zweitgrösste Stadt Kanadas, Montréal, kennen. Sie liegt genau auf der Sprachgrenze. In dieser Metropole wird nebeneinander Französisch und Englisch gesprochen, die beiden Landessprachen. Mir gefiel die Architektur, eine Mischung aus modernen und historischen Gebäuden.

Die vier Monate in Kanada waren viel zu schnell vorbei, doch ich hatte viel erlebt und freute mich zu meiner Familie und in das gewohnte Umfeld zurückzukehren.

Die erworbenen Sprachkenntnisse leisteten mir im späteren Berufsleben in vielfacher Hinsicht gute Dienste: Französisch konnte ich im Austausch mit fremdsprachigen PatientInnen verwenden, und Englisch half hauptsächlich im Umgang mit dem PC oder beim Lesen von Fachartikeln.

Lehre – Leben - lernen
Theorie und Praxis

1994 begann ich die dreijährige Ausbildung in allgemeiner Krankenpflege (AKP). Ich konnte mit meinem Lehrlingsgehalt ein Zimmer mit Bad im Schwesternheim mieten und wohnte das erste Mal allein. Es war grossartig, unabhängig zu sein; ich fühlte mich erwachsen. Schnell fand ich neue Freundschaften in der Klasse, wir tauschten uns rege untereinander aus. Es bildeten sich zwei Gruppen von Gleichgesinnten. Einige aus meiner Gruppe wohnten ebenfalls im Wohnheim. Dort begegneten wir uns oft in der Gemeinschaftsküche. Manchmal kochten wir zusammen und waren ausgelassen. Es war eine Phase des Aufbruchs und Neubeginns.

In meiner Klasse gab es zwei ältere Schülerinnen. Eine der beiden war bereits verheiratet und hatte Kinder, die andere konnte Berufserfahrung als Verkäuferin in einem Sportartikelladen vorweisen. Sie brachten ihre Lebenserfahrung in den Unterricht mit ein. Nur zwei Männer nahmen am Lehrgang teil. Sie hielten nicht zusammen, sondern verteilten sich auf die beiden Gruppen, die sich gegenseitig konkurrierten. Wir respektierten jeweils die andere Riege, gemischte Freundschaften entstanden jedoch keine.
Damals gab es verschiedene Ausrichtungen in der Krankenpflege. Wir bildeten den zweitletzten Kurs, in allgemeiner Krankenpflege an unserer Schule. Für unsere Abschlüsse war

zu dieser Zeit noch das Schweizerische Rote Kreuz zuständig, danach wurde ein neues Ausbildungssystem eingeführt.

Der Lehrplan sah vor, dass wir Blockunterricht hatten. Neues zu lernen gefiel mir und ich genoss den Austausch mit meinen KlassenkollegInnen. Den Schulunterricht könnte man als gut strukturiert und sehr praxisorientiert beschreiben. Uns wurde viel über Anatomie und Pathologie beigebracht. Der körperliche Organismus und seine Funktionsweise faszinierten mich unendlich. Das Fach «Pathophysiologie» war umfassend. Es überraschte mich, wie viele unerwünschte körperliche Störungen auftreten können, von denen ich noch nie etwas gehört hatte. Mit der Zeit gelang es mir, die Symptome mit den möglichen Krankheitsbildern in Verbindung zu bringen; das war ein Durchbruch.

Wir lernten Akutsituationen sofort zu erkennen und übten anhand von Rollenspielen, uns im Notfall richtig zu verhalten. Einmal besuchten wir ein extra dafür eingerichtetes Übungszentrum, mit Stationen ähnlich einem Postenlauf. - Die gestellten Situationen täuschten einen Stromschlag, einen Verkehrsunfall, einen Gebäudebrand usw. vor. Jetzt galt es, unsere Reaktionsfähigkeit und das überlegte Handeln zu testen.

Zudem wurden wir ausführlich in der Medikamentenlehre unterrichtet. Das korrekte Durchführen von Pflegeverrichtungen konnten wir an Puppen oder gegenseitig an KollegInnen üben. Die Blutabnahme war heikel - das Resultat einige blaue Flecken an unseren Armen, die wir in Kauf nehmen mussten.

Irgendwann trafen aber alle die Venen und das Blut floss ins gewünschte Röhrchen.

Spannend fand ich, die Ressourcen – also die Stärken und Fähigkeiten – von PatientInnen zu identifizieren. Der Fokus liegt statt auf dem Defizit (Beispiel: Die Person kann nicht allein aufstehen) auf der Stärke (Beispiel: Sie kann sich selbstständig melden und ihre Bedürfnisse ausdrücken). Die gesunden Anteile rücken in den Vordergrund und werden gefördert, was viel zur Stärkung der Selbstheilungskräfte beiträgt; die Betroffenen fühlen sich weniger hilflos.

Ich war und bin eine überzeugte Verfechterin dieser Ressourcenorientierung als Methode. Das defizitäre Denken betrachte ich hingegen als Energie-Killer, den es unbedingt zu vermeiden gilt.

Es gab einiges, was ich mir einprägen musste. Viele Aufgaben übernahmen wir Pflegefachpersonen anstelle der Betroffenen, die aufgrund ihrer Krankheit darin eingeschränkt waren. Diese alltäglichen Tätigkeiten gliederten wir nach Aktivitäten des täglichen Lebens, zum Beispiel «wach sein und schlafen», «sich bewegen», «sich waschen und kleiden», «essen und trinken», «ausscheiden», «Körpertemperatur regulieren» «kommunizieren» etc. Heute werden stattdessen Pflegediagnosen bestimmt. Das Resultat ist jedoch ähnlich.

In gesunden Tagen gewinnen solche Fähigkeiten kaum je unsere Aufmerksamkeit, sie erscheinen uns selbstverständlich. Doch weit gefehlt! Wenn diese gewöhnlichen Funktionen bei uns selbst aus vielfältigen Gründen einmal ausfallen, merken wir erst, dass sie alles andere als banal sind. Sie sind die Basis, das Fundament unserer Leistungsfähigkeit, unserer Selbstversorgung, des autonomen Lebens generell - ein Rund-um-Paket das bei 99 Prozent aller Geburten mitgeliefert wird.

Zu jeder Aktivität des täglichen Lebens gab es mehrere Pflegeverrichtungen, die wir Lernenden nach und nach kennen- und korrekt auszuführen lernten. Das Konzept dazu stammt von Liliane Juchli, einer Ordensschwester, und galt damals als wichtigste Grundlage moderner Pflegepraxis, zusammengefasst in einem dicken Lehrbuch von 1216 Seiten. Dieser «Schinken» war mir ein treuer Begleiter während der ganzen Ausbildungszeit, beziehungsweise der 25-jährigen Praxistätigkeit.

Eine noch nicht erwähnte Aktivität des täglichen Lebens ist «Sinn finden».

Das heisst: Sinn finden im Werden, Sein, Vergehen, Selbstwerdung, Selbsttranszendenz, Sterben, Bewältigung von Lebens- und Entwicklungsprozessen, umgehen können mit Grenzen, reifen entsprechend der konditionellen und individuellen Veranlagung, Bezug zur Religion - zusammengefasst ein riesiger philosophischer Themenblock. Unmöglich, ihm ständig und in allen Facetten gerecht zu werden. Um sie alle zu erfüllen, müsste man im Grunde übermenschlich sein.

Unter anderem diskutierten wir im Unterricht darüber, wie Menschen Sinn finden können im Zustand ihres Krankseins. Die Auseinandersetzung mit diesem existenziellen Thema war sehr hilfreich im Hinblick auf eine adäquate Begleitung von PatientInnen in einer Krisensituation und während des Sterbens.

Mein Interesse war jedenfalls geweckt und ich befasste mich noch eingehender mit diesen Fragen.

In der weiterführenden Recherche fand ich zwei Gedanken, die sich mir einprägten:

«Der Sinn des Lebens besteht nicht darin, alles zu bekommen, sondern darin,
dass wir lernen, nichts zu behalten.»

Anke Maggauer-Kirsche

«Unsere Sinn-Gebung ist eng verbunden mit unserer Wahr-Nehmung.»

Ernst Ferstl

Die Ausbildung nahm weiter ihren Gang. Als Nächstes beschäftigte ich mich mit dem Thema Prävention. Das bezeichnet im pflegerischen Sinne Massnahmen, die darauf abzielen, Risiken zu verringern oder die schädlichen Folgen von Katastrophen und anderen unerwünschten Situationen abzuschwächen. Mit Prävention kann Schlimmeres vermieden werden. Das ergab absolut Sinn; deshalb lohnte sich der vorbeugende Ansatz um ein Vielfaches. Ich brannte vom ersten

Moment an für dieses Prinzip, wie eine lodernde Fackel in der Dunkelheit.

Die Lehrerin schärfte uns in diesem Zusammenhang die Dekubitusprophylaxe ein. «Ein Dekubitus ist ein Pflegefehler», hörten wir sie sagen. Sie erklärte: «Wenn eine Person viel im Bett liegt und sich dabei wenig bewegt, entstehen Druckstellen auf der Haut. Das kann zu offenen Wunden führen, die sich entzünden können. Die Fersen oder das Gesäss sind dafür prädestiniert. Es ist die Pflicht von uns Pflegefachpersonen, dafür zu sorgen, dass die Erkrankten regelmässig mobilisiert oder im Bett umgelagert werden. Die Fersen kann man mit einem Kissen unter dem Unterschenkel hochlagern. So bleibt die gefährdete Stelle in der Luft». Ich nahm mir vor, fortan in der Praxis darauf zu achten.

Mitwirken zur Verhütung von Krankheit konnte unter anderem auch heissen, Bedingungen zu schaffen, die helfen, Stürze zu vermeiden - die häufigste Unfallursache in der Schweiz. Mit Sturzprävention konnte ich Langzeitbehinderungen durch die Folgen der Stürze verhindern helfen. Ich lernte, dass ich als Pflegefachfrau verantwortlich bin, diese Gefahr rechtzeitig zu erkennen und gezielt Massnahmen zu ergreifen. Viele ältere, frisch operierte Personen, die ich in der Ausbildung betreute, waren von Kreislaufschwäche oder Schwindel betroffen. Daraus leitete ich meine Pflicht ab, sie zu begleiten und ihnen bei Bedarf ein Hilfsmittel anzubieten.

Rollatoren oder Stöcke erfreuten sich keiner grossen Beliebtheit, daher erfand manch ein Benützer - es waren meistens Männer - liebevolle Kosenamen dafür. So kam ich rekordverdächtig oft in den Genuss, in einem «Ferrari» oder «Lamborgini» mitfahren zu dürfen. Fiel mir eine Gehunsicherheit bei vor Kurzem eingetretenen PatientInnen auf, meldete ich diese Beobachtung den ÄrztInnen, die daraufhin meistens eine Physiotherapie oder weitere Abklärungen anordneten.

Ich sei als Fachfrau gefordert, Einsichten und Erkenntnisse aus neuen Studien in die Praxis zu integrieren, und es sei ein stetiger Prozess, die Qualität im Beruf zu verbessern: Das war ein Credo, das ich in den Lehrjahren häufig hörte. Da ich mich gerne weiterbildete und stets neugierig blieb, fiel es mir leicht, diesem Grundsatz Folge zu leisten.

Neben dem Schulunterricht wechselten wir alle paar Monate die Abteilung im Spital. So erhielten wir die Gelegenheit, während der drei Jahre der Ausbildung diverse Praxisfelder kennenzulernen. Ich wurde unter anderem eingeteilt in die Chirurgie, die Innere Medizin, die Spitex und die Psychiatrie. Jeweils drei Tage verbrachte ich in der Geburtshilfe und im Operationssaal. Jede/r Auszubildende bekam auf den Stationen eine diplomierte Pflegefachperson als BerufsbildnerIn zur Seite gestellt. Es gab klare Zielvorgaben und jede Menge Lernsituationen. Jetzt konnte ich eine gute Gesprächsführung einüben oder Prioritäten setzen lernen. Die Medikamente musste ich korrekt richten, kein einziger Fehler durfte mir unterlaufen. Ich richtete Tabletten, Dragees, Kapseln, Pülverchen, Sirupe auf einem Tablett, in allen Formen und Farben, eine bunte Auswahl «Made in Switzerland». Meine KollegInnen überprüften anschliessend nach dem «Vier-Augen-Prinzip», ob alles stimmt - ein sinnvolles Sicherheitsprinzip.

Die Vitalzeichen zu überwachen, fand ich nicht schwierig, doch das korrekte Dokumentieren durfte nicht vergessen gehen. In einem dafür vorgesehenen Bogen zeichnete ich die Blutdruckkurve auf, notierte den Puls und die Temperatur in der für das aktuelle Datum vorgesehenen Spalte und verglich die Werte mit den Tagen zuvor. Stellte ich eine grosse Abweichung zum Vortag oder zur Norm fest, entschied ich, den Wert nach einer bestimmten Zeit – meistens nach einer halben Stunde - nochmals zu überprüfen. Trat bis dahin keine Besserung ein, schaute ich in der Reservemedikation nach, ob ich, in Absprache mit einer diplomierten Pflegefachperson, dem/der Betroffenen zur Stabilisierung ein Medikament verabreichen durfte. Am Rapport erstattete ich Bericht darüber, damit die KollegInnen der nächsten Schicht die wichtigen Warnsignale von körperlicher Veränderung und den Zustand der Person im Auge behalten, um notfalls die/den zuständigen Ärztin/Arzt beizuziehen.

Wir SchülerInnen hatten dieselben Schichten wie das diplomierte Personal. Dazu zählten Frühdienst, Spätdienst, geteilter Dienst und Nachtdienst. Im geteilten Dienst arbeitete man morgens viereinhalb Stunden, hatte dann eine längere Pause am Nachmittag, gefolgt von einer vierstündigen Abendschicht. Diese Arbeitszeiten fand niemand angenehm, denn man musste früh aufstehen und hatte trotzdem erst spät

Feierabend. Doch es gab kein Entrinnen, denn der 24-Stunden-Betrieb musste gewährleistet sein.

Das Klima in den Teams erlebte ich meist sehr kollegial, der Zusammenhalt war deutlich spürbar. Alle teilten das gemeinsame Ziel, den Menschen mit krankheitsbedingten Einschränkungen beizustehen und ihre Genesung zu unterstützen. Die Arbeitstage vergingen wie im Flug. Ich spürte meine Müdigkeit in der Regel erst, wenn ich mich umgezogen hatte und auf dem Weg nach Hause war.

Doch nebst den schönen Seiten gab es auch Dinge, die mir Schwierigkeiten bereiteten. Der Arbeitsanfall war riesig. Im Team plante man Lernende fix ein. Ich hatte den Eindruck, dass ich bereits als volle Arbeitskraft eingesetzt wurde. Das fand ich nicht in Ordnung. Schliesslich hätte ich Zeit gebraucht, um die neuen Arbeitsschritte einzustudieren. Ausserdem stand mir als Schülerin zu, regelmässig Feedback zu meiner Arbeitsweise zu bekommen - nur so kann man sich selbst reflektieren und verbessern. Dazu kam es jedoch leider nur sehr selten.

In den 90er-Jahren waren die Spitäler noch sehr hierarchisch strukturiert. Die ÄrztInnen standen zuoberst, wir Pflegefachpersonen waren ihnen gemäss damaligem Krankenversicherungsgesetz als Assistenzpersonal unterstellt. Mein Berufszweig begann sich gerade erst zu emanzipieren. Interprofessioneller Austausch zwischen den an der Therapie beteiligten Berufsgruppen fand nur selten statt. Visiten mit den ChefärztInnen, liefen nach einem fixen Schema ab - oft nicht zum Vorteil der verängstigten Betroffenen, die nur die Hälfte von dem verstanden, worüber gesprochen wurde; an medizinischen Fachbegriffen wurde dabei nicht gespart. Die Show am Krankenbett glich einer Inszenierung, die ich vom ersten Tag an lächerlich fand. Die einzige Berechtigung dafür gestand ich der deutschen Fernsehserie «Schwarzwaldklinik» zu.

Der Einbezug der Patientenwünsche und die Überlegungen der Pflegefachpersonen hatte noch keinen grossen Stellenwert.

Sobald ein Arzt/eine Ärztin ein Zimmer betrat, fühlte ich mich als zuständige Betreuungsperson unsichtbar. Meine Meinung interessierte nicht und innerlich rebellierte ich. Doch als Lernende durfte ich die Strukturen nicht hinterfragen.

Zeitdruck am Arbeitsplatz gehörte ganz selbstverständlich dazu. Besonders in der Frühschicht war der Terminplan eng gesteckt. Wir traten den Dienst um 7 Uhr an. Nach einem kurzen Rapport ging es los. Als Lernende im ersten Jahr der Ausbildung war ich meist zur Unterstützung der PatientInnen bei der Körperpflege eingeteilt. Ich half ihnen aufzustehen, begleitete sie ans Lavabo oder in die Dusche, legte die Pflegeutensilien bereit, half beim Waschen und Anziehen und räumte danach wieder alles auf. Einige Betroffene erhielten eine Ganzkörperwäsche im Bett. Und da versteckte sich unter manchen Bettdecken eine unangenehme Überraschung - die Betroffenen hatten es nicht gemerkt. Aufgaben wie

Körperflüssigkeiten wegzuwischen störten mich mit der Zeit nicht mehr, es trat ein Gewöhnungseffekt ein. Meine Menschenliebe half mir, dies ohne viel Aufsehen zu übernehmen. Ich musste die eingenässten oder mit Stuhlgang verschmierten PatientInnen mehrmals auf die Seite drehen, während ich ihnen das Gesäss wusch, eine frische Einlage anzog und das Bett frisch bezog.

Das alles waren zeitintensive Arbeitsschritte, die bei mehreren Personen gleichzeitig stattfanden. Sämtliche Pflegebedürftigen der Station, sollten rechtzeitig zum Frühstück um 9 Uhr bereit sein.

Ich rannte fast in jedem Frühdienst zwischen den Zimmern hin und her und blieb dabei immer freundlich und höflich. In der «Znünipause» war ich schon völlig ausgepowert und verschwitzt. So ging das manchmal sieben Tage lang: die längste Einsatzdauer am Stück, die gemäss Arbeitsgesetz erlaubt ist.

Ich fragte mich, ob es Sinn ergibt, fast täglich während der Arbeit im Spital an meine Belastungsgrenzen zu stossen. Mein Charakter liess nicht zu, dass ich langsam arbeitete; sobald ich einen Bedarf an Hilfe feststellte, erledigte ich die Aufgabe umgehend. Ich konnte schnell erkennen, wie sich eine Person fühlte, und wollte entsprechend auf sie eingehen. Dabei achtete ich auf gute Umgangsformen. Meine Feinfühligkeit wurde sehr geschätzt. Für mich war dieser Charakterzug Fluch und Segen zugleich, denn er führte dazu, dass ich meine Kräfte regelmässig überstrapazierte.

Leider kam es manchmal vor, dass PatientInnen bereits mit einer offenen Druckstelle zu uns auf die Station kamen. Mehrmals sah ich schlimm entzündete Wunden. Das deutete auf eine Infektion mit Staphylokokken-Bakterien hin. Wie konnte so etwas nur passieren? Ich war schockiert!

Diese Wunden mussten täglich mehrmals gereinigt und verbunden werden. Das korrekte Vorgehen bei einem Verbandwechsel wurde mir von meiner Berufsbildnerin beigebracht. Ich musste mit einer detaillierten Planung beginnen:

Sorgfältig legte ich vorher das ausgewählte Material auf einem fahrbaren Tischchen bereit. Das mobile Möbel verfügte über zwei Flächen, eine «saubere» und eine «schmutzige»; das war von grosser Wichtigkeit in Sachen Hygiene.

Vorher informierte ich die PatientInnen, erklärte die einzelnen Arbeitsschritte und klärte über Schmerzen auf, die auftreten könnten. Sah ich daraufhin in angstvolle Augen oder äusserte sich eine betroffene Person skeptisch, ging ich auf die Bedenken ein. Falls nötig, verabreichte ich vorgängig ein Schmerzmittel aus der Reservemedikation. Ich führte den Verbandswechsel mit Handschuhen, Wattestäbchen und Co. technisch korrekt durch. Dabei achtete ich auf ein sauberes Arbeiten und die richtige Entsorgung des Materials. Das trug präventiv zur Vermeidung von neuen Infektionen bei. Ich beurteilte die Veränderungen an der Wunde und dokumentierte sie. Heute würde man die Stelle täglich fotografieren, um so die Veränderungen an der Wunde besser nachvollziehen zu können; eine Fotogalerie der anderen Art. Zuletzt gab ich meinen TeamkollegInnen und dem ärztlichen Dienst die Informationen weiter.

Solche Handlungen führte ich täglich Dutzende Male aus. Sie erforderten alle volle Konzentration und erlaubten keine Schwäche. Die Verantwortung war gross, die Dienstleistungen komplex und anspruchsvoll. Nebst den gängigen Pflegetätigkeiten wurde ich im dritten Lehrjahr besonders gefordert, denn nun übernahm ich die Gruppenleitung im Team. Ich war stolz diese Funktion ausfüllen zu dürfen, ein Zeichen dafür, dass mir das Tragen dieser Verantwortung zugetraut wurde. Dabei trainierte ich, den Überblick zu bewahren, zu delegieren und das Team zu leiten. Im Stationsbüro ging es zu und her wie in einem Bienenstock - mehr als einmal wusste ich nicht mehr, wo mir der Kopf stand.

Komplexere Aufgaben, wie zum Beispiel die Überwachung von PatientInnen nach einer Operation, durfte ich schon seit Längerem selbstständig ausführen. In dieser Funktion wäre es verheerend gewesen, einen Hinweis auf eine Verschlechterung im Zustand der PatientInnen zu verpassen. Die AssistenzärztInnen verliessen sich auf meine Einschätzung. Beim Richten von Infusionen ging es um Leben und Tod. Eine falsche Dosierung oder zu vergessen, die Luft aus dem Infusionsschlauch zu entfernen, hätte dramatische Folgen gehabt. Das Anlegen einer Magensonde oder das Absaugen des Nasen-Rachen-Raums fiel mir schwer, weil die Betroffenen besonders unter diesen Eingriffen litten; glücklicherweise kam das nur selten vor!

Vorsicht vor zu viel Nähe

In den drei Jahren Ausbildung wurde das Thema «Nähe versus Distanz» zu meiner grössten Herausforderung. Zunehmend trat die Frage in den Vordergrund, wie weit ich mich als Pflegefachfrau persönlich auf den Kontakt mit PatientInnen einlassen darf.

Man brachte uns bei, es sei nicht professionell, zu viel Nähe zuzulassen. Meine Lehrerin erklärte: «Das hat mit Eigenschutz zu tun, denn bei persönlicher Verbundenheit mit einer Person leidet ihr zu sehr mit. Im Gesundheitswesen gehört es zur Tagesordnung, Schicksalsschläge zu begleiten. Ihr Pflegefachpersonen braucht eine dicke Haut, eine gewisse Distanz, um euch selbst zu schützen. Empathie ist richtig, das gehört dazu, doch hütet euch vor Mitleid!»

Den Menschen mit ihrer Geschichte mitfühlend beizustehen, wurde so zum ständigen Balanceakt. Ich liess trotz der Warnungen relativ viel Nähe zu und empfand schnell Sympathie für die Betroffenen. Es waren Ausnahmen, wenn ich keinen «Draht» zu den Menschen fand. Ich konnte mich ausgesprochen gut in die jeweiligen Situationen einfühlen. Im Gespräch zeigte ich mich stets interessiert. Die Betroffenen fassten daraufhin schnell Vertrauen. Die gemeinsamen Momente wurden lebendig und echt. Das führte allerdings unweigerlich dazu, dass ich mich verausgabte. In Sachen Energie-Management war ich noch eine blutige Anfängerin, bereit, mein ganzes «Wohlwollen» auf einmal auszuschütten.

Mitten in der Ausbildung begann ich erneut daran zu zweifeln, ob ich die erforderliche Kraft für diesen Beruf längerfristig aufbringen könnte. Ich war unsicher, ob ich bis zur Pensionierung durchhalten würde. Innerlich fühlte ich mich zerrissen und wusste nicht wie ich mit den Zweifeln umgehen sollte. Ich überlegte sogar die Ausbildung an den Nagel zu hängen und mich beruflich nochmals neu zu orientieren. Diese Unsicherheit quälte mich während einiger Monate.

Letztlich half mir der Gedanke, dass eine Kapitulation niemandem helfen würde. Um möglichst vielen Menschen beistehen zu können, musste ich in erster Linie an mich selbst denken. Mir wurde klar: Ohne eigene Gesundheit geht es nicht - ich musste also lernen, mit dem Verhältnis zwischen Nähe und Distanz richtig umzugehen. Nur so konnte ich langfristig der professionellen Rolle der Pflegefachfrau gerecht werden und innerlich ausgeglichen bleiben. Ich beschloss, im Alltag distanzierter zu sein und mich nur so weit auf mein Gegenüber einzulassen, wie ich verkraften konnte - ein Entscheid, der diametral zu meinem Wesen und den bisherigen Gewohnheiten stand. Die Umsetzung war daher alles andere als einfach. Da ich jedoch von der Richtigkeit meines Entschlusses überzeugt war, blieb ich standhaft. Mein Bemühen hatte sich gelohnt: Die Gefahr, mich zu verausgaben, verkleinerte sich schlagartig. Sobald ich Ermüdungserscheinungen spürte, gönnte ich mir eine Pause, um mich wieder meiner selbst bewusst zu werden. Nötigenfalls konzentrierte ich mich dann nur noch auf die dringlichsten Aufgaben. Die Reflexion über mein eigenes Handeln und Fühlen wurde auf diese Weise zur Routine. Das erlaubte mir, meine Ausbildung erfolgreich abzuschliessen. Ein Lehrstück, das mir in meinem Berufsleben stets gute Dienste leistete.

Trotz allem blieb das Nähe-Distanz-Verhältnis eine stetige Herausforderung. Es ist möglich, den Umgang mit emotionalen Situationen zu trainieren, doch da ich nicht abstumpfen wollte, gehörte es für mich dazu, mich mit meiner eigenen Persönlichkeit einzubringen. Das richtige Verhältnis zwischen Anteilnahme und Selbstsorge musste fortlaufend austariert werden. Belohnt für diese Mühen wurde ich durch die Dankbarkeit der Betroffenen, die sich verstanden und in ihren Sorgen ernst genommen fühlten.

Unerwartete Einblicke

In den drei Jahren der Ausbildung hatten wir Gelegenheit, spezialisierte Bereiche kennenzulernen. Ich durfte während drei Wochen in der Spitex in einer Gemeinde mitarbeiten. Die Betroffenen in ihrer eigenen Wohnung mit ihrem Einrichtungsstil, mit ihren alltäglichen Gewohnheiten zu erleben, fand ich unglaublich bereichernd. Ich fühlte mich den Menschen dort viel näher als in der Klinik. Das Zuhause von Menschen, ist etwas sehr Intimes und ich hatte grossen Respekt davor, diesen geschützten Ort zu betreten. Die vielen Eindrücke hätten unterschiedlicher nicht sein können: Ich erlebte grosse und kleine Wohnungen, seltener Häuser, praktische und unpraktische Grundrisse, mit sehr gepflegten Räumlichkeiten bis hin zu dunklen schmutzigen Haushalten. Ich staunte über den prunkvollen Stil mancher Wohnungen, der auf mich steril und ungemütlich wirkte, genauso wie über eine Behausung, die so überfüllt war, dass wirklich nur ein kleiner Gang übrigblieb, auf dem wir uns von einem Zimmer ins nächste bewegen konnten.

Links und rechts des schmalen Pfads des letztgenannten Wohnorts türmten sich eineinhalb Meter hohe Berge von alten Zeitungen und Unrat auf. Es roch muffig nach einer Mischung aus Schweiss, vermoderten Lebensmittelabfällen und verbrauchter Luft. Ich musste nicht mehr viele Fragen stellen: Diese Umgebung deutete klar auf eine Überforderung im Alltag des Bewohners hin - dieser Mensch brauchte dringend Hilfe.

Die Informationen, die ich rein visuell in den diversen Haushalten gewinnen konnte, waren zahlreicher als alles, was ich von den darin wohnenden Personen während eines mehrwöchigen Spitalaufenthalts erfahren hätte. Ich erhielt Einblicke in Lebensräume, die ich mir zuvor nicht hätte vorstellen können. Ein Hauch von Abenteuerlust kam in mir auf, denn es fühlte sich an wie Reisen in fremde Welten.

Mit dem Zutritt zur Privatsphäre der Betroffenen wurde der Kontakt schnell persönlich. Meine Rolle als Gast nahm ich sehr ernst. Hier gaben die BewohnerInnen den Ton an, und das gefiel mir. Ich fragte trotz Vertrautheit auch nach mehreren Besuchen, ob ich ein Zimmer betreten oder eine Schranktür öffnen dürfe, falls dies meine pflegerische Arbeit erforderte. Der Austausch mit den Menschen wurde authentisch, die Interaktionen glichen einem Geben und Nehmen zugleich, die pflegerischen Aufgaben wurden beinahe zur Nebensache.

Die drei Wochen bei der Spitex vergingen wie im Flug. Dieses Praktikum hat meine spätere Laufbahn massgeblich geprägt.

Den vier Tagen in einer Geburtsklinik konnte ich hingegen nicht viel abgewinnen.

Am zweiten Tag meines Praktikums durfte ich bei einer Zangengeburt dabei sein. Die Gebärende lag auf einer Liege, unter ihrem Gesäss hing ein weisses, jetzt rot verfärbtes Laken fast bis zum Boden; die Frau schrie laut und blutete stark. Ich stand etwas abseits und fühlte mich völlig hilflos. Das Bild, das sich mir einbrannte, war erschreckend und traf mich völlig unvorbereitet. Im Nachhinein fragte ich mich, was der Lerneffekt meiner Anwesenheit hätte sein sollen. Ich fand keine Antwort. Leider bekam ich keine Gelegenheit, auch die schönen Seiten der Geburtshilfe mitzuerleben; eine besondere Begegnung mit einer Mutter und ihrem Kind hätte für Ausgleich gesorgt. Doch dazu kam es nicht, ich erhielt eine administrative Arbeit im Büro, die ich als Beschäftigungstherapie empfand.

Im Operationssaal, dem nächsten Blitz-Praktikum, war meine Rolle erneut die der Zuschauerin. Es begann mit dem Einleiten der Narkose. Der einfühlsame Tonfall des Anästhesiepflegers wirkte beruhigend und zeigte zusammen mit den chemischen Mitteln schnell Wirkung. Die Hämorrhoiden eines

Patienten mussten chirurgisch entfernt werden. Ich zuckte zusammen, als eine Operationsschwester die Beine des narkotisierten Mannes, gespreizt auf zwei Halterungen in der Höhe positionierte und seinen Hodensack mit einem Monster-Pflaster nach oben klebte. Kurz danach verstand ich: Dies war notwendig, um den After freizulegen und Zugang zum Operationsbereich zu erhalten. Die vielen grünen Tücher, die technischen Geräte und das grelle Licht beeindruckten mich. Damals gab es noch kein «Grey's Anatomy», für mich war dieser Ort bisher fremd gewesen. Es herrschte eine angespannte Betriebsamkeit. Während der nächsten Operation, der ich beiwohnte, erhielt eine Patientin eine Knie-Prothese. Mir blieb lediglich das Geräusch der Säge und das gleichzeitige Lachen des Personals, als der Knochen getrennt wurde, in Erinnerung. Ich wollte auch diese Erfahrung schnell vergessen. Für mich stand danach fest: Dort würde ich nie arbeiten wollen.

In Würde sterben

Schriftliche Arbeiten waren mir bis dato ein Gräuel gewesen, doch es blieb mir keine andere Wahl: Ich stand kurz vor meinem Lehrabschluss und die Diplomarbeit musste geschrieben werden.
Kurz zuvor wurde ich mit dem Tod eines Familienmitglieds konfrontiert. Im Spitex-Praktikum war ich zudem hautnah in den Sterbeprozess eines Patienten involviert gewesen. Diese

Phase des Abschieds weist eine Intensität auf, die mit nichts im Leben zu vergleichen ist. Das hatte auch seine Faszination. Deshalb entschied ich mich, etwas über die Tage und Wochen vor dem Tod zu schreiben.

Der Titel meiner Arbeit lautete: «In Würde sterben, im Spital oder zu Hause». Darin befasste ich mich mit drei zentralen Fragen: Was ist ein würdevolles Sterben? Welche Voraussetzungen sind dazu notwendig? In welchem Umfeld kann man würdevoll sterben?

Ich schrieb unter anderem: «Jemanden in den letzten Tagen seines irdischen Daseins zu begleiten, ist eine der umfassendsten Aufgaben von uns Pflegefachpersonen. In Würde diese Welt verlassen zu dürfen, ist ein urmenschliches Bedürfnis. Wie dieses Pendeln zwischen den Emotionen während des Abschiedsprozesses erlebt wird, hängt von verschiedenen Faktoren ab. Hat ein Mensch eine angenehme Vorstellung vom Leben nach dem Tod, so kann er ruhiger aus der Welt scheiden als jemand, der Angst und Unsicherheit empfindet. Das Sterben wird auch als letzte Krise des Lebens bezeichnet.» Ich fand in diesem Zusammenhang folgendes Zitat, das ich auch in der Arbeit verwendete:

«Der Weg während dieses Reifeprozesses ist nicht geradlinig, sondern befindet sich in einem Spannungsfeld zwischen Annahme und Ablehnung. Es entsteht ein Emotionswirrwarr aus

Panik, Verdrängen, inneren Streitigkeiten, Verzweiflung, Abkapselung und dann zum Schluss die Akzeptanz.»

Brennpunkte aus der Darstellung des Reifeprozesses vor dem Tod von Elisabeth Kübler-Ross

In meinen Augen ist ein würdevolles Sterben dann erfüllt, wenn die Entscheidungsfreiheit und Vollwertigkeit der Betroffenen gewährleistet sind. Ein würdevolles Sterben muss ganz von den Sterbenden selbst bestimmt werden. In der Praxis setzt dies die Fähigkeit des Umfelds voraus, die Reaktionen, Wünsche und Bedürfnisse des sterbenden Menschen deuten und verstehen zu können. Wir Pflegefachpersonen spielen in dieser letzten Phase des Lebens der Betroffenen eine zentrale Rolle. Nicht selten haben wir eine Art Stellvertreterposition inne, wenn die Sterbenden selbst die Kraft nicht finden, ihren Angehörigen gegenüber, ihre Wünsche offen mitzuteilen. Je nach Familienkonstellation fällt es den Mitgliedern mehr oder weniger schwer, miteinander offen und ehrlich umzugehen.

Im Akutspital fehlte mir damals oft die Ruhe und Zeit, die notwendig gewesen wäre, um den Sterbeprozess bewusst zu gestalten. Es herrschte ein hektisches Treiben rund ums Krankenbett. Bis zuletzt wurden von ärztlicher Seite medizinische Massnahmen diskutiert, die vorwiegend dem Hinausschieben des Todes dienten. Angehörige mussten sich den Strukturen der Institution anpassen. Es war schwierig, eine friedliche Stimmung zu schaffen, ausserdem wechselte nach jeder Schicht die Bezugsperson.

Ich versuchte trotz der erschwerten Bedingungen alles zu tun, um das Wohlbefinden der Betroffenen zu fördern; das stand für mich im Vordergrund. An Morphium gegen die Schmerzen wurde zum Glück nicht mehr gespart - in der Medizin hatte sich die Ansicht durchgesetzt, dass alles getan werden soll, um Menschen die Schmerzen zu nehmen.

Nach dem Tod einer Person lag es an uns Pflegefachpersonen, den Leichnam sorgfältig für den letzten Besuch der Angehörigen vorzubereiten. Dafür hatten wir auf der Station eine Checkliste, an die wir uns halten konnten. Mehrmals war ich beteiligt, das Kinn mit einer elastischen Binde um den Kopf nach oben zu binden - so blieb der Mund geschlossen und es sah schöner aus. Es ist ein ungewohntes Gefühl, einen toten Körper zu pflegen. Ich spürte in solchen Momenten eine Mischung aus Trauer, Mitgefühl für die Angehörigen und Pflichtbewusstsein der Aufgabe gegenüber. Der Zettel am Fuss mit den Personalien des/der Verstorbenen befremdete mich.

In der Gemeindekrankenpflege – meistens als spitalexterne Pflege (Spitex) bezeichnet wurden Angehörige und PatietInnen in den Pflegeprozess integriert. Das spendete ihnen Trost; die Stimmung war entspannt. Es gab Raum für die Betroffenen, ihre Trauer zum Ausdruck zu bringen. Meine Aufgabe bestand darin, die Schmerzen der PatientInnen zu lindern und die Angehörigen mit Gesprächen und Unterstützung in der von ihnen ausgeführten Pflege zu entlasten.

Bei einem Ehepaar zu Hause erlebte ich, wie die Ehefrau ihren Mann während mehrerer Monate im Bett umsorgte. Sie lebten in einem kleinen Häuschen mit Garten. Der Mann lag ganztags in einem elektrischen Pflegebett, das im Wohnzimmer stand, denn das Schlafzimmer befand sich im ersten Stock. Die Frau wusch ihn morgens und gab ihm alle Mahlzeiten löffelweise geduldig ein. Da der Ehemann zu schwach war, um zur Toilette zu gehen, half sie rund um die Uhr auch nachts bei der Ausscheidung; sie reichte ihm die Urinflasche und entleerte diese anschliessend im WC. Die Medikamente zerkleinerte die Frau mit einem Mörser und flösste sie ihrem Mann vorsichtig mit etwas Joghurt ein. Das Inhalationsgerät richtete sie drei Mal täglich. Während der Durchführung stützte sie seinen Arm, was ihm half, besser zu atmen. Er schwitzte stark; die Frau war jederzeit zur Stelle, um ihm die Stirn abzuwischen und beim Kleiderwechsel behilflich zu sein. Sie hatte kaum eine freie Minute für sich, geschweige denn, ihre Traurigkeit zuzulassen, und trotzdem schien dieser Rahmen für sie zu stimmen. Ich war tief beeindruckt von ihrer Hingabe.

Als Fazit schrieb ich in meiner Diplomarbeit folgende Zeilen: «Würdevolles Sterben bedeutet, in einer Umgebung zu sein, in der man sich wohl und sicher fühlt, mit den Menschen zusammen zu sein, die man liebt, und die nötige Ruhe und Besinnung findet, um sich dem Sterbeprozess hinzugeben.

Religiöse Wünsche gilt es zu respektieren. Das Sterben zu Hause ist dem Hinscheiden im Spital vorzuziehen. Das Umfeld der Betroffenen kann viel besser auf die Ängste und Bedürfnisse der Sterbenden eingehen und sich mit ihnen auseinandersetzen. Allerdings gilt zu beachten, dass dies auch tatsächlich von allen Familienmitgliedern gewünscht wird und im Haus oder der Wohnung ein Mindestmass an Komfort und sanitarischen Einrichtungen vorhanden sind. Auch im Spital kann es gelingen, einen Sterbeprozess gut zu begleiten. Dies setzt jedoch voraus, dass die Koordination und Kommunikation aller Involvierten reibungslos und konstruktiv stattfindet. Der Mensch mit seinen Bedürfnissen sollte über dem medizinisch Machbaren stehen.»

In diesem Zusammenhang wurde ich natürlich auch mit meinen eigenen Existenzfragen konfrontiert. Ich fand heraus, wie wichtig mir die christlichen Werte waren; diese hatten mich in der Kindheit und Jugend stark geprägt. Sie gaben mir Orientierung für den Umgang in den zwischenmenschlichen Beziehungen, insbesondere in schwierigen Momenten im Berufsleben. Ein gelebter Glaube kann Geborgenheit vermitteln. Das erlebte ich bei Betroffenen mehrfach und das gilt es zu respektieren. Ich persönlich konnte mit der Zeit dieser Sehnsucht nicht mehr ganz folgen, weil ich den kirchlichen Rahmen teilweise infrage stellte, und in Bezug auf die Entstehungsgeschichte der Welt erschienen mir die naturwissenschaftlichen Erkenntnisse einleuchtender. Spiritualität fand ich stattdessen im Einklang mit der Natur.

In der Auseinandersetzung mit diesem Thema wurde mir bewusst, wie lohnenswert es sein konnte, sich noch in gesunden Tagen mit dem Tod zu beschäftigen, wenn man selbstbestimmt sterben möchte. Eine Patientenverfügung schien mir eine gute Möglichkeit, die eigenen Wünsche schriftlich festzuhalten, damit sie im Ernstfall beachtet werden.

Kein Tag gleicht dem andern
Zurück in die Selbständigkeit

Nach dem Abschluss der Ausbildung 1997 strebten viele meiner KlassenkameradInnen eine Stelle in einem Akutspital an. Diese Arbeitsstellen hatten den Ruf, für die gesamte Berufslaufbahn eine gute Basis zu sein, mit besten Karrierechancen. Doch ich wählte einen anderen Weg, denn ich wollte unter keinen Umständen weiterhin in der Nachtwache arbeiten. Als ausgeprägter Morgenmensch und mit einem überdurchschnittlichen Schlafbedürfnis ausgestattet, lag mir diese Schicht am allerwenigsten. Während der Ausbildung erlebte ich in den Nächten schlimme Müdigkeitskrisen; mein Rhythmus geriet durcheinander und in den Tagen danach fühlte ich mich unausgeglichen und leistungsschwach.

Ich erfuhr von einer freien Stelle in einer Rehaklinik ohne Nachtdienst. Meine Bewerbung war erfolgreich. Kurz darauf durfte ich eine Stelle auf der Privatstation antreten. Die Klinik hatte fixe Nachtwachen eingestellt, die restlichen Mitarbeitenden mussten dementsprechend nur Früh- und Spätdienst leisten. Das Fachgebiet «Rehabilitation» entsprach mir. Ich fand es motivierend, mit meinem Beitrag den Heilungsprozess der Betroffenen zu unterstützen.

Der Arbeitsweg war beschwerlich, da die Klinik abgelegen auf einer Anhöhe lag. Ich arbeitete im obersten Stockwerk der Klinik. Die Station zählte 23 Einzelzimmer und vier

Doppelzimmer, das ergab eine Zuständigkeit unseres Teams für 31 Gäste. An Tagen mit guten Sichtverhältnissen reichte unsere Aussicht durch die grossen Panoramafenster bis in die teils schneebedeckten Alpen. Während der Arbeit konnte ich sozusagen den Sonnenaufgang miterleben. Das war herrlich und ein riesiges Privileg. Die Klinik lag zwischen Wald und Wiesen; ein Blick in die sich verändernde Natur wirkte entspannend und spendete mir innere Ruhe im Alltagsstress. Dafür lohnte sich die lange Anfahrt.

So etwas wie eine Grossfamilie

Die Rehaklinik umfasste drei Bettenstationen und drei Speisesäle. Durch den Haupteingang gelangten die BesucherInnen direkt zur Rezeption, dahinter lagen das Sekretariat und das Direktionsbüro. Im Haus gab es ein kleines Team von Physio- und ErgotherapeutInnen, einen Sozialdienst, ein Labor, den technischen Dienst, ein Reinigungs- und ein Küchenteam sowie ein öffentliches Café. Ein kleines gedecktes Schwimmbad wurde zur Bewegungstherapie genutzt. Um das Gebäude war ein naturnaher Garten mit zwei Goldfisch-Teichen angelegt. Ein geschwungener asphaltierter Pfad durch die hübsche Anlage diente den PatientInnen und ihrem Besuch als Spazierweg an der frischen Luft. Auf jedem Stockwerk arbeitete pro Tag ein sechs- bis siebenköpfiges Pflegeteam, das von einer Abteilungsleitung geführt wurde. Die Pflegedienstleiterin trug die Gesamtverantwortung für unseren Bereich. Sie bildete zusammen mit dem Chefarzt und dem

Direktor das Klinik-Leitungsteam. Insgesamt zählten fast hundert Mitarbeitende in der Klinik zur Belegschaft, die sich alle kannten. Ich verstand mich besonders gut mit dem PhysiotherapeutInnen-Team. Eine von ihnen hatte besonders viel Humor; sie verbreitete überall gute Laune. Das wurde von uns, ebenso wie von den Gästen, sehr geschätzt.

Zwischen den verschiedenen Disziplinen fand ein reger Austausch statt. Die TherapeutInnen informierten uns Pflegefachpersonen zu den Therapiefortschritten der PatientInnen, das Laborpersonal teilte uns die Untersuchungsresultate mit. Der Sozialdienst nahm mit uns Rücksprache im Hinblick auf die Planung eines Austritts nach Hause. Nicht zuletzt waren wir Pflegefachpersonen bei den ärztlichen Visiten anwesend und konnten dort unsere Beobachtungen und Einschätzungen in den Behandlungsplan miteinbringen - jetzt wurde meine Meinung zumindest angehört. Durch diese Interaktionen blieb der Prozess überschaubar: Wir wussten jeweils gegenseitig, welche Aufgaben die anderen Disziplinen zu erfüllen hatten, und kannten die Ziele, die sie verfolgten. Dadurch wuchs das Verständnis untereinander. Die KollegInnen der anderen beiden Stationen trafen wir in den Pausen; wir unterstützten uns bei Bedarf gegenseitig.

Einmal pro Jahr wurde von der Klinikleitung ein Ausflug für die gesamte Belegschaft organisiert. Im ersten Jahr nach meinem Stellenantritt wanderten wir auf einen Aussichtshügel der Region. In der Nähe des Restaurants mit Blick ins Tal starteten Segelflieger ihren Flug. Wir beobachteten das Spektakel und die Stimmung war ausgelassen. Im nächsten Jahr reisten wir an den Brienzersee, fuhren ein Stück mit dem Ausflugsschiff, wanderten dem Ufer des Sees entlang und besuchten die Giessbach-Wasserfälle. Das dritte MitarbeiterInnenfest feierten wir auf einem Charterschiff während einer Flussfahrt auf dem Rhein. Diese gemeinsamen, erlebnisreichen Tage stärkten unseren Gemeinschaftssinn. Die familiäre Atmosphäre in der Klinik kam auch den Gästen zugute. Die gute Stimmung der Mitarbeitenden verlieh dem Austausch zwischen Personal und PatientInnen eine wohltuende Leichtigkeit.

Ich empfand diese Art der Zusammenarbeit sehr angenehm und fühlte mich in meinem Team gut integriert. Meine Abteilungsleiterin gab mir zwischendurch wertvolle Feedbacks. Da ich direkt von der Ausbildung kam, fehlte mir noch die Erfahrung. Ich war hochmotiviert und wollte alles richtig machen. Durch die Rückmeldungen konnte ich schnell Sicherheit im Berufsalltag finden.

Eine sorgfältige Rehabilitation heisst, durch gezielte therapeutische Massnahmen die körperlichen Funktionen nach einer Operation respektive in der Endphase einer Erkrankung bestmöglich wiederherzustellen. Ich half den PatientInnen alltägliche praktische Tätigkeiten schrittweise wieder einzuüben oder neu zu erlernen. Das Aufzeigen von alternativen Möglichkeiten stärkte das Selbstvertrauen der Betroffenen. Sie konnten dank der Unterstützung maximale

Selbstständigkeit zurückerlangen. Mitansehen zu dürfen, wie die Mehrheit der Betroffenen wieder Kraft sammelte und gesund wurde, machte mich zufrieden. Es fühlte sich wie ein Erfolgserlebnis an, da ich Anteil an der Genesungsgeschichte hatte und sie mitprägen konnte: eine befriedigende Aufgabe. Mir lag viel daran, sauber und korrekt zu arbeiten. Nebst diesen allgemeingültigen Prinzipien ging es mir auch darum, die Menschen mit ihren Geschichten und ihrer Persönlichkeit ganzheitlich wahrzunehmen. Für mich war es eine Selbstverständlichkeit, mehrmals täglich das Gespräch mit den Gästen zu suchen und nach ihrem Befinden zu fragen. Im Dialog achtete ich unter anderem darauf, wie gut die Sinneswahrnehmungen der betroffenen Personen noch funktionierten. Zum Beispiel hörten ältere Menschen häufig schlecht. In diesem Fall nahm ich mir die Zeit, langsam, deutlich und in einfachen Sätzen zu sprechen. Lag eine Sehschwäche vor, erklärte ich die Handlungsschritte ausführlicher als üblich. Ich begleitete diese PatientInnen, machte sie auf Hindernisse aufmerksam und beschrieb ihnen die Umgebung, in der wir uns gerade befanden und bewegten.

Die idealen Umstände in der Klinik trugen massgeblich zum Gelingen meiner eigenen Vorsätze bei. Damals empfand ich eine hohe Arbeitszufriedenheit. Das wurde mir allerdings erst viele Jahre später richtig bewusst.

Geschichten soweit die Ohren reichen

Manche Begegnungen vergisst man nie. Einmal pflegte ich einen türkischen Patienten, Herr Y. Er lebte schon zwanzig Jahre in der Schweiz und fühlte sich wohl in seiner neuen Heimat. Nach einem Militärputsch in der Türkei war er als politischer Flüchtling 1980 in die Schweiz gekommen. In seiner Heimat hatte man ihn zum Gewerkschaftspräsidenten des Personals im öffentlichen Dienst gewählt. Er setzte sich in dieser Rolle für die Einhaltung der Arbeitsgesetze ein, was nicht allen gefiel. Sein ursprünglicher Beruf war Hygienebeauftragter. Nachdem sein Diplom aus der Türkei in der Schweiz nicht anerkannt wurde, absolvierte Herr Y. eine zweite Ausbildung im Detailhandel. Anschliessend arbeitete er zwanzig Jahre als Verkäufer in einem Geschäft für Herrenkleidung, war gut integriert und inzwischen Rentner. Zwei Jahre nach der Pensionierung stürzte er zu Hause die Kellertreppe hinunter und brach sich den Hüftknochen. Nach einer Schenkelhals-Operation kam er für drei Wochen zur Rehabilitation in die Rehaklinik. Er musste wieder laufen lernen und benötigte Hilfe beim Anziehen; Bücken ging nicht mehr. Ein «Böckli» half beim Gehen auf kurzen Strecken im Zimmer, zwischen Bett, Lavabo und Tisch. Ansonsten sass Herr Y. im Rollstuhl. Damit konnte er sich selbstständig fortbewegen. Der hagere Mann mit Schnauz und dunklem Haar kannte die hiesigen Gepflogenheiten. Er verhielt sich zuvorkommend und freute sich, wenn ich Zeit aufbrachte für ein kurzes Gespräch.

Einmal erzählte er mir eine Geschichte von Nasretin Hoca, einem fiktiven Bauern aus Anatolien, einer Gegend im Osten der Türkei. Der Bauer war ein einfacher Mann, der nicht einmal lesen und schreiben konnte. Er war nicht besonders religiös. Die Leute im Dorf verehrten ihn vielmehr wegen seiner Weisheit. Alle in der Dorfgemeinschaft sprachen sich untereinander mit Du an. Die Geschichte ging so:

«Eine Frau kam zu Nasretin Hoca, um Rat zu suchen. Sie beschwerte sich über das schlechte Verhalten ihres Mannes. Sie jammerte und klagte ununterbrochen. Die Reaktion Hocas war: «Du hast recht.» Zufrieden ging die Frau nach Hause. Am nächsten Tag kam ihr Ehemann zu Hoca. Er beklagte sich seinerseits über das schlechte Verhalten seiner Frau. Hoca antwortete auch ihm: «Du hast recht.» Der Mann ging ebenfalls voller Genugtuung nach Hause. Jetzt kam Hocas Ehefrau aus dem Nebenzimmer. Sie hatte hinter der Tür den beiden Gesprächen gelauscht. Sie sprach ihren Mann auf das Gehörte an und sagte: «Mein Mann, ich habe mit Erstaunen zugehört, was die Leute dir erzählt haben. Du hast jedes Mal dieselbe Antwort gegeben, obwohl sie sich beide feindlich einander gegenüber geäussert haben. Das ist doch unlogisch». Hoca erwiderte: «Du hast auch recht.»

Ich musste lachen. Eine gute Geschichte, um Menschen darauf aufmerksam zu machen, dass je nach Perspektive alle recht haben können.

Eine andere Patientin, Frau X., hatte ein warmes Lächeln und ich sehe sie noch deutlich vor mir. Sie trug meistens eine elegante Bluse mit Blumenmuster und dazu farblich passendes Make-up. Sie strahlte eine Ausgeglichenheit aus, die ich bewunderte. Trotz starker Rückenschmerzen und dem Verlust sämtlicher Haare aufgrund einer Krebstherapie sah sie immer noch die Schönheiten im Leben. Der leuchtende Sonnenaufgang brachte sie zum Träumen. Sie beschrieb mir seine Farben, die zuerst gelblich-orange, dann rosa-hellblau das künstlerische Gemälde der Natur prägten. Während sie einen vegetarischen Gemüseteller mit Tofu und frischen Kräutern ass, liess sie sich Zeit. Ich konnte an ihrem Gesicht den Genuss ablesen. Kam ihr Mann zu Besuch, freute sie sich von ganzem Herzen und schien ihre Sorgen zu vergessen. Sie lehrte mich, die kleinen Dinge im Leben zu schätzen.

Frau X. schwärmte mir von ihrer stattlichen Orchideensammlung in ihrem grossen, hellen Badezimmer vor. Sie habe sich jeweils ein Exemplar auf ihren botanischen Reisen als Andenken gekauft. Ich stellte mir vor, wie wunderschön es sein müsste, inmitten von blühenden Orchideen zu baden. Zum Abschied schenkte sie mir ein kleines Gedichte-Buch, das sie selbst geschrieben und veröffentlicht hatte. In dem Büchlein waren ihre schönsten Werke zusammengefasst - ein wunderbares, sehr persönliches Geschenk.

Erstes Gedicht:

«Sonnenstrahlen auf meinem Gesicht,
Abend ist es noch lange nicht.
Das Leben fliesst wie ein Fluss durch mich durch.
Ich fühle mich glitzrig, plätschernd, spritzig.
Oh wie schön, ich möchte schrei'n,
es ist herrlich, Mensch zu sein.»

Frau X.

Natürlich gab es auch Gäste, die sich nicht so freundlich verhielten.

Die neunzigjährige Frau M. war mit einer Hemiplegie, einer Halbseitenlähmung rechts, in die Klinik eingetreten; sie hatte einen Schlaganfall erlitten. Frau M. konnte den linken Arm noch benützen und auf dem linken Bein stehen, benötigte jedoch Hilfe bei der Mobilisierung, während der Lagerung und bei der Körperpflege. Ich half beim Transfer vom Bett in den Rollstuhl. Dazu musste dieser mit angezogenen Bremsen genau im 90-Grad-Winkel, ohne Lücke zum Bett stehen. Dann entfernte ich die Armlehne und Fussstütze des Stuhls auf der bettzugewandten Seite; damit waren mögliche Hindernisse beseitigt. Nachdem ich die Füsse der Frau zwischen meine platziert hatte, so-dass diese nicht wegrutschen konnten und Frau M. ganz vorne an der Bettkante sass, war alles vorbereitet für einen reibungslosen Ablauf des Transfers. Nun ging ich in die Knie, schlang meine Arme um die Patientin, hob ihren

Oberkörper leicht nach oben und führte ihre Hüften mit beiden Händen zum Rollstuhl hinüber. Ich achtete darauf, dass ihr Gewicht während der Mobilisation auf ihrem gesunden Bein und nicht auf meinem Rücken ruhte. Das war ein Prinzip der Kinästhetik, das ich in einer mehrtägigen Weiterbildung gelernt hatte.

Dieses Prozedere fand mehrmals täglich statt und erforderte viel Körpereinsatz. Das Kämmen der Haare konnte Frau M. links selbstständig erledigen, ich übernahm die rechte Kopfseite. Schreiben gelang ihr nicht; sie war Rechtshänderin. Sie telefonierte öfter, das ging gut allein. Ab und zu sah ich beim Betreten des Zimmers den Telefonhörer neben dem Apparat liegen, da sie Schwierigkeiten hatte, ihn korrekt aufzulegen. Ich legte den Hörer zurück auf die Gabel. Gleichzeitig überprüfte ich jedes Mal während des Rundgangs durch die Zimmer, ob sie noch genug Wasser oder Tee in ihrem Trinkbecher mit Deckel hat. Auf dem Tisch lag jeweils unter ihrem Teller eine Plastikunterlage, die das Wegrutschen des Geschirrs während des Essens verhinderte - die Ergotherapeutin hatte diese organisiert. Ich schnitt ihr das Fleisch in kleine Stücke, damit sie alles mit der Gabel oder dem Löffel zum Mund führen konnte. Diese Handgriffe übernahm ich gern.

Frau M. lebte schon lange allein und zurückgezogen. Die viel zu vielen Menschen, die sie in der Klinik ständig umgaben, ertrug sie schlecht, sie hatte schon genug zu kämpfen mit ihren Einschränkungen. Stellte ich eine Frage, antwortete sie mürrisch und ungehalten. Ich versuchte im Umgang mit ihr so höflich und einfühlsam wie möglich zu bleiben. Bestimmt war es nicht einfach, mit dieser riesigen Umstellung zurecht zu kommen. Gleichwohl fand ich es unangenehm, die negative Energie ständig zwischen uns zu spüren.

Ihr Zimmer roch stark nach Knoblauch; das war kaum zu ertragen. Seit vielen Jahrzehnten nahm sie täglich drei Knoblauchzehen zu sich. Das stärke das Immunsystem, schwärmte sie. Das mag ja sein, dachte ich, doch ihre Bettwäsche stank jämmerlich nach dem typischen beissenden Geruch der Gewürzknolle. Sobald ich ihre Zimmertür öffnete, kam mir eine unangenehme Gestank-Wolke entgegen. Das Thema prägte das Stationsgespräch. Niemand wurde gerne bei Frau M. als Bezugsperson eingeteilt.

Die Nächsten sind Teil des Ganzen

Angehörige nehmen einen wichtigen Platz ein in der Betreuung von pflegebedürftigen Menschen. Sie sind Teil des Lebens der Betroffenen und kennen ihre Nächsten am besten. Die Rollen sind in jeder Familie individuell verteilt.

Die meisten Angehörigen schätzten es sehr, wenn ich auf sie zuging und nach ihren Sorgen und Wünschen fragte. Ihnen war wichtig, informiert und am Prozess beteiligt zu sein. Damit dies klappen konnte, musste es mir zuerst gelingen, ein Vertrauensverhältnis aufzubauen, indem ich Offenheit signalisierte. Ich teilte den Familienmitgliedern und LebenspartnerInnen immer mit, wie sehr ich auf ihre Meinung als Mitbetroffene Wert lege und dass ich darauf angewiesen bin, möglichst viele Informationen zu erhalten. Ich hörte aktiv zu, wenn sie sich mit einem Anliegen an mich wandten, und nahm sie ernst. Vorher galt es natürlich abzuklären, ob die PatientInnen damit einverstanden waren. Sobald die Betroffenen ihre Einwilligung gegeben hatten und eine Vertrauensbasis zwischen allen Beteiligten entstanden war, konnte die Zusammenarbeit mit Angehörigen eine echte Bereicherung sein.

Bei Betagten kommt es häufig vor, dass Kinder oder EhepartnerInnen zu Hause bereits viele Pflegeleistungen im Alltag übernommen haben. Der Klinikaufenthalt ist der richtige Moment, um abzuklären, wie weit sie entlastet werden müssen. Denn viele finden allein nicht die Kraft, sich Hilfe zu holen. - Schuldgefühle und Scham hindern sie daran. Frühzeitig zu wissen, dass die kranke Person beispielsweise schon vor Längerem vergesslich geworden ist, kann Missverständnisse im Spital oder Pflegeheim verhindern helfen. Die Angehörigen wiederum fühlen sich durch den Einbezug dem Pflegeprozess zugehörig. Sie werden Teil des Systems und nehmen Einfluss auf das Gesamtgeschehen. Ihr Wohlbefinden ist genauso relevant für die Genesung der PatientInnen wie die medizinischen Interventionen.

Mir war es ein wichtiges Anliegen, all diese Aspekte zu berücksichtigen; es verhalf mir zu einem ganzheitlicheren Blick auf die Pflegesituation. Ich vertrat gegenüber meinen KollegInnen und den anderen Diensten vehement die Meinung, Angehörige hätten ein Recht auf Anerkennung für ihre Leistungen, die sie in der Betreuung erbringen. Denn sogar das medizinische Personal tendiert manchmal dazu, zu unterschätzen, wie viel Familienmitglieder, Freunde und Nachbarn zu Hause für die Betroffenen leisten.

Die Anzahl Betreuungsstunden, die von pflegenden Angehörigen in der Schweiz jedes Jahr erbracht werden, ist fast doppelt so hoch wie jene der bezahlten Pflegestunden durch professionelles Personal. Es sind mehrheitlich Frauen, die diese stille Arbeit unentgeltlich erbringen. Viele von ihnen sind nebst der Betreuungsarbeit auch noch erwerbstätig. Das bedeutet eine Mehrfachbelastung. Sie pflegen ihre Eltern oder LebenspartnerInnen und haben kaum Möglichkeiten, sich zu erholen. Ihr Beitrag an die öffentliche Gesundheit hat eine gesellschaftliche Dimension und grösste Würdigung durch den Staat verdient, was bisher leider verpasst wurde.

Ein ständiges Kommen und Gehen

An einem typischen Eintrittstag in der Rehaklinik holte ich neue Gäste im Foyer ab. Nach der Begrüssung begleitete ich sie auf ihr Zimmer. Dort erhielten sie von mir die wichtigsten Informationen zu den Abläufen und zur Infrastruktur. Ich stellte mich als ihre pflegerische Ansprechperson vor und klärte mit ihnen offene Fragen.

Die Durchführung des Erstgesprächs und die Fallverantwortung fielen in meinen Zuständigkeitsbereich. Das Abklärungsgespräch führte ich noch am Eintrittstag durch. Dabei erhob ich einerseits die Stammdaten, anderseits diente das Interview auch der Einschätzung des Pflegebedarfs. Im Idealfall gelang es den Betroffenen, bereits in diesem Austausch Vertrauen zu fassen. Anschliessend erstellte ich die Pflegeplanung.

Die Pflegeplanung ist ein unverzichtbares Instrument und hat mehrere Funktionen: Sie ist Grundlage für die Qualitätssicherung und eine rechtliche Absicherung für uns Pflegefachpersonen. Darin werden Probleme definiert und Ziele sowie Massnahmen formuliert. In regelmässigen Abständen, auf Visiten und in den Teambesprechungen werden die Fortschritte oder Schwierigkeiten in der Umsetzung eruiert und nötigenfalls Anpassungen in der Behandlung oder im Umgang vorgenommen. Damit wird Einheitlichkeit im Arbeitsprozess angestrebt, denn aufgrund der Schichtarbeitszeiten im Gesundheitswesen ist immer wieder anderes Personal zuständig. Eine verbindliche Planung, an die sich alle halten, ist deshalb zentral. Mittels der Dokumentationspflicht werden zudem die Patientenrechte respektiert.

Beispiel eines Pflegeplans (siehe Anhang)

Ich hatte mir angewöhnt, nach dem Erstellen des Dokuments nochmals mit den PatientInnen Rücksprache zu nehmen. War ihre Urteilsfähigkeit gegeben, klärte ich mit ihnen, ob sie die Ziele und Massnahmen ähnlich definieren. Dadurch legitimierte ich meine Interventionen und schuf Verbindlichkeit zur Mitwirkung. Traf dies zu, wurde der stationäre Aufenthalt in der Klinik dazu genutzt, kontinuierlich gemeinsam auf die Ziele hin zu arbeiten, um diese baldmöglichst zu erreichen. Je motivierter sich die Betroffenen am Prozess beteiligten, desto grösser waren die Erfolgschancen.

Nachdem der Austrittstermin zusammen mit dem/der Arzt/Ärztin festgelegt worden war, überlegten wir im interprofessionellen Dialog, welche Unterstützungsleistungen die Betroffenen zu Hause benötigten. In der Regel übernahm der Sozialdienst das Organisieren der entsprechenden ambulanten Dienstleistungen. In manchen Fällen waren regelmässige Besuche zu Hause durch die Spitex notwendig, um weiterhin Pflegeunterstützung zu leisten. Die Dauer und die Häufigkeit der Einsätze orientierten sich am Bedarf. In der Regel reichte es aus, wenn während drei bis vier Wochen nach Austritt zusätzliche Hilfe in Anspruch genommen wurde. Danach konnten sich die Betroffenen wieder selbstständig versorgen.

Die Bestellung eines Mahlzeitendiensts oder der Besuch einer Tagesstätte schlug beispielsweise ich vor, wenn PatientInnen keine Kraft hatten, selbst zu kochen, oder wenn sie zur Vernachlässigung einer ausgewogenen Ernährung tendierten. Eine ambulante Physiotherapie wurde verordnet und angemeldet, um die Beweglichkeit des Körpers respektive verletzter Extremitäten weiterhin zu trainieren, je intensiver dies in den ersten Wochen nach einer Operation gemacht wird, desto besser sind die Heilungschancen und desto kleiner die Spätfolgen.

Das spitalexterne medizinische Angebot war schon 1999 riesig und eine unverzichtbare Ergänzung zu den stationären Leistungen. Dies trug massgeblich zur Verkürzung der Aufenthaltsdauer in der Klinik bei. Die meisten Betroffenen wünschten sich sehnlichst, in ihr gewohntes Umfeld zurückzukehren.

Ich arbeitete nun bereits seit drei Jahren in der Rehaklinik. Mit zunehmender Berufserfahrung war ich selbstsicherer geworden. Ich kannte meine Stärken und Schwächen und konnte immer besser mit schwierigen Situationen umgehen.

Nach wie vor dachte ich an einen Auslandeinsatz, scheute mich jedoch: Würde ich dem gewachsen sein?

Sobald ich mir die Umstände jeweils konkret vorstellte, begann ich zu zweifeln. Ich befürchtete Überfälle, mich mit Aids anzustecken oder vergewaltigt zu werden. Ich musste mir eingestehen, dass ich nicht genügend Nervenstärke besass, mich den omnipräsenten Gefahren in einem Krisengebiet zu stellen. Meine Ängste machten mich traurig. Es fühlte sich an wie eine Niederlage. Ich hoffte zwar, später vielleicht dazu in der Lage zu sein, doch im Grunde wusste ich, dass dies nicht realistisch war. Die Grenzen meiner Belastbarkeit zu akzeptieren, fand ich schwierig. Das beschäftigte mich noch lange.

Ich beschloss stattdessen, eine weiterführende Ausbildung zu absolvieren.

Meine Erinnerungen an die positiven Erlebnisse in der Spitex waren noch präsent und gerne hätte ich wieder in diesem Bereich gearbeitet. Bei meinen Recherchen stiess ich auf das Höhere Fachdiplom Spitex-Pflege, das berufsbegleitend in einem zweieinhalbjährigen Studium zu erreichen war. Ich erfuhr von der Berufsbezeichnung «Gemeindeschwester»: So lautete damals der Titel, den die Pflegefachpersonen erhielten, die diese Weiterbildung abschlossen. In der Beschreibung des Arbeitsfelds der Gemeindeschwester fand ich mich wieder. Diese Berufsrolle versprach eine sehr eigenständige Arbeitsweise - das gefiel mir. Voraussetzung dafür war eine Stelle im ambulanten Bereich, also begab ich mich auf die Suche danach.

Spitex – spitalexterne Pflege
Unterstützung zu Hause, unbezahlbares Gut

Es dauerte nicht lange, bis ich eine Teilzeitstelle fand. Gleichzeitig zog ich in eine 2-Zimmer-Wohnung um, die direkt neben dem Spitexbüro lag. Das kam mir entgegen, da ich erneut verpflichtet wurde geteilten Dienst zu leisten. So konnte ich dank des kurzen Arbeitswegs Zeit sparen. Die Organisation umfasste mehrere MitarbeiterInnen-Teams mit jeweils zehn Personen. Diese teilten sich auf verschiedene Gemeindegebiete auf. Die pflegebedürftigen Menschen, die von uns besucht wurden, bezeichneten wir nicht als Patienten sondern als Kunden, und das waren sie ja auch. Ich fand dieses Umdenken gar nicht schlecht, denn es hatte einen positiven Effekt, denn ich wurde mir meiner Dienstleistungspflicht noch bewusster.

Täglich um Punkt 7 Uhr traf ich mich mit KollegInnen im Büro, um mir die Details der bevorstehenden Tour anhand eines Plans zu notieren. Auf dem Magnetbrett an der Wand konnte ich ablesen, welche KundInnen ich besuchen würde und welche Aufgaben es dort zu erledigen gab. Die Hausbesuche waren in geeigneter Reihenfolge angeordnet; so entstanden möglichst wenig Wegzeiten. Ich notierte mir alles Wichtige, packte meine Tasche und fuhr mit dem Fahrrad los. Es galt zuerst die dringenden Tätigkeiten zu erledigen, die früh-morgens an verschiedenen Adressen durchgeführt werden mussten. Dazu zählte beispielsweise, Frühstücksmedikamente oder Augentropfen zu verabreichen – unmöglich dies auf später zu verschieben. Der Blutzucker musste zudem in nüchternem Zustand gemessen werden. Mit einem Nadelhalter, der aussieht wie ein Kugelschreiber, pikste ich den/die KundIn in den Finger und nahm einen Tropfen Blut ab. Dieses träufelte ich auf einen Teststreifen, den ich zuvor in ein mitgebrachtes Messgerät gesteckt hatte: Der Blutzuckerwert wurde innert Sekunden auf dem Display angezeigt. Entsprach das Resultat der Norm, konnte ich die verordnete Insulinmenge mit einem PEN injizieren. Manche KundInnen weckte ich und motivierte sie, aufzustehen, sich anzuziehen und zu frühstücken. Erst wenn der Bus vor dem Haus eintraf, um sie in die betreute Tagesstätte zu fahren, verabschiedete ich mich.

Zwischen 8 und 9.30 Uhr war Stosszeit. In diesen eineinhalb Stunden fehlte mir mindestens ein zusätzliches Paar Hände und ich wusste manchmal nicht, wo mir der Kopf stand. Ich war froh, wenn ich um ca. 9.45 Uhr Zeit fand für eine kurze Pause, um mich danach den restlichen Aufgaben zuzuwenden.

In der zweiten Hälfte des Morgens war ich je nach Bedarf mit unterschiedlichsten Aufgaben beschäftigt. Dazu zählte etwa, die Einstichstelle eines suprapubischen Blasenkatheters, zu kontrollieren und zu desinfizieren oder mit KundInnen die korrekte Inhalation einzuüben. Andere benötigten Anleitung beim Duschen, beim Anziehen und bei der Mundpflege.

Bei Personen mit chronischen Schmerzen führte ich ein Schmerzprotokoll. Dadurch konnte beim nächsten Arztbesuch die erforderliche Schmerzmittelmenge besser eingeschätzt werden. Bei starker Beeinträchtigung durch heftige Schmerzen konnte ich auch sofort reagieren und die Betroffenen zur Einnahme eines Reservemedikaments motivieren. Der Heilungsprozess gelang dadurch besser, die Lebensqualität der KundInnen stieg.

Zwischen den Besuchen musste ich das Fahrrad abschliessen, die Jacke an- und ausziehen, ein- und auspacken und die Hände korrekt desinfizieren. Die Begrüssung und Verabschiedung, insbesondere bei alleinstehenden Personen, durfte ich zeitlich nicht unterschätzen. Ehe ich mich's versah, hatten die KundInnen ein neues Gesprächsthema gefunden, worüber sie sich mit mir unterhalten wollten. Dann war es schwierig sie zu unterbrechen.

In den Wohnungen war immer eine Dokumentation deponiert, die mir Auskunft gab, welche Aspekte beim letzten Spitex-Besuch durch meine ArbeitskollegIn pflegerisch festgestellt und für wichtig befunden worden war. In diesem von der Bezugsperson erstellten Heft fand ich auch die Pflegeplanung mit den Zielen und Massnahmen, das Überwachungsblatt mit den Blutdruck-, Puls-, Temperatur-, Gewichts- und Blutzuckerwerten sowie das Medikamentenblatt. Den Pflegebericht las ich immer zu Beginn meines Einsatzes durch, gleich nach der Begrüssung. Vor dem Weggehen notierte ich diejenigen Aspekte, die mir während meines Besuchs aufgefallen waren und die ich als relevant erachtete.

Der Text musste immer neutral und messbar formuliert sein. Für die Kunden galt das Recht auf Einsicht - sie konnten jederzeit nachlesen, was wir aufgeschrieben hatten.

Bis um 12 Uhr mittags hatte ich etwa zehn Personen besucht. Die Einsatzzeiten hielt ich damals noch auf Papier fest. Sie wurden anschliessend in 5-Minuten-Einheiten, zu den geltenden Tarifen, den Leistungsträgern verrechnet. Dafür war das Sekretariat zuständig. Nach einer längeren Mittagspause folgte die Nachmittagstour.

Im Anschluss an die Hausbesuche erstellte ich im Büro den Arbeitsplan für den nächsten Tag. Ich bestellte medizinisches Material in der Apotheke und telefonierte mit ÄrztInnen, TherapeutInnen oder Angehörigen. Der mündliche Informationsaustausch mit KollegInnen, der nicht fehlen durfte, diente der Koordination und sorgte für etwas Auflockerung.

Ich war auch als «Abklärerin» tätig. Die Abklärungsgespräche fanden vorzugsweise nachmittags statt. Nur diplomierte Krankenschwestern, wie unsere Berufsbezeichnung damals noch lautete, besassen die Kompetenz, den Pflegebedarf neuer Kundschaft einzuschätzen; dies setzte einige Jahre Berufserfahrung voraus.

Ein detaillierter Fragebogen enthielt Fragen zu den Personalien, zur aktuellen Medikation, zum Unterstützungsbedarf, zum Zustand der Hautverhältnisse, zur Tagesstruktur der PatientInnen und vieles mehr. Dieser vorgedruckte Bogen diente mir als Leitfaden. Der Austausch fand in einem entspannten Rahmen bei den Betroffenen zu Hause statt. Häufig nahmen daran auch Angehörige teil. Die PatientInnen neigten auch in diesen Gesprächen dazu, aus ihrer Vergangenheit zu erzählen, und vergassen dabei die Zeit. Ich erfuhr von Weltreisen in jungen Jahren, von Fehlgeburten, von ausssergewöhnlichen Liebesgeschichten, von zerstrittenen Familienverhältnissen oder von Arbeitsplätzen, die zu früh verloren gingen. Die Berichte waren unglaublich vielfältig und spannend, ich hätte stundenlang zuhören können. Doch es lag an mir, zu strukturieren und den Fokus auf die offenen Fragen zu richten. Nach und nach wusste ich, an welcher Stelle im Gespräch ich einhaken konnte, um höflich auf den Grund meines Besuchs zurückzukommen.

Ein Trinkgeld oder Geschenke anzunehmen war verboten. Ich begrüsste diese Regel, das Verhältnis zwischen mir und den PflegeempfängerInnen blieb dadurch ausgeglichen und authentisch. Auf diese Weise waren sich die KundInnen der Bedingungslosigkeit meiner Freundlichkeit und Korrektheit bewusst. Manchmal fiel es ihnen jedoch schwer, die Ablehnung ihres Trinkgelds zu akzeptieren, da sie ihre Dankbarkeit ausdrücken wollten. So erging es auch Herrn B., einem jungen Informatiker, der sich mit dieser unliebsamen Regel jedoch schliesslich abfand.

Die Spitex verband seine Wunden in der Leiste täglich neu. Die Chirurgen hatten ihm mehrere Zecken aus der Haut schneiden müssen, die sehr tief eingewachsen waren. Ich fragte Herrn B., wie es so weit habe kommen können. Er erzählte aus seiner Leidensgeschichte, die mehr als ein halbes

Jahr gedauert hatte: Der behandelnde Dermatologe stellte die falsche Diagnose - er ging von einer Allergie aus und verordnete eine Creme sowie eine Tinktur. Diese brachten keine Linderung. Herr B. ging mehrmals zur Konsultation ohne merkliche Besserung seiner Beschwerden. Die Zeit verging und die Zecken vermehrten sich währenddessen ungehindert weiter. Der Patient entdeckte immer mehr kleine schwarze Punkte auf der Haut und der Juckreiz war kaum noch zu ertragen. Da er in einer Stadt aufgewachsen war und sich wenig in der Natur aufhielt, dachte er nicht an die Möglichkeit eines Zeckenbefalls. Eine Freundin, eine ausgebildete Krankenschwester, sah sich die Stelle an, nachdem der Betroffene von seinen unerträglichen Beschwerden erzählt hatte, und kam auf den richtigen Gedanken.

Dies veranlasste Herrn B. nach langem Zögern schliesslich doch, zu einem anderen Arzt zu gehen - er war es nicht gewohnt, einer medizinischen Fachperson zu misstrauen und hatte Hemmungen, diesen Schritt zu vollziehen. Die schwarzen Punkte stellten sich tatsächlich als mehrere Hunderte dieser parasitären Tierchen heraus. Mit einem speziellen Duschgel löste sich die Mehrheit aus der Haut. Die grossen Exemplare konnten jedoch nur noch operativ entfernt werden, so tief waren sie eingewachsen.

Ich konnte die Geschichte kaum glauben, so etwas war mir noch nie zu Ohren gekommen. Ich hatte Bedauern mit Herrn B., dessen Leiden hätte vermieden werden können. Im Stillen dachte ich, dass leider auch ÄrztInnen mit ihren Einschätzungen zuweilen falsch liegen.

Die Zeit auf den täglichen Spitex-Touren war immer knapp bemessen, die tickende Uhr in meinem Kopf eine ständige Begleiterin. Ich wollte gut arbeiten, nach den Massstäben hochwertiger Pflege, ganzheitlich und die Dinge hinterfragend, wie ich es gelernt hatte. Leider gab mir der Alltag dazu kaum Gelegenheit. Ohne Abstriche in der Qualität, besonders in den Gesprächen, manchmal aber auch bei der Hautpflege oder wenn der Druck unerträglich wurde sogar in der Hygiene, hätte ich regelmässig bis abends spät gearbeitet; das hinterliess ein ungutes Gefühl. Überzeiten gehörten selbstverständlich dazu. Der psychische und physische Stress zehrte an meinen Kräften, wie wenn mir ständig jemand Energie absaugen würde.

Trotzdem begeisterte mich die ambulante Arbeit nach wie vor und die Möglichkeit, präventiv tätig zu sein, erfüllte mich zutiefst. Dies setzte ein fundiertes Wissen um die gesundheitlichen Zusammenhänge voraus.

Die Geschichte von Herrn S. veranschaulicht dieses Prinzip ausgesprochen gut. Er lebte allein mit seiner neugierigen Tigerkatze in einem kleinen Reiheneinfamilienhaus, das er von seinen Eltern geerbt hatte. Kam ich zu Besuch, schnupperte die Katze immer an meinen Sachen und strich mir zur Begrüssung um die Beine. Die Küche, wo wir uns jeweils hinsetzten, gefiel mir, sie war komplett mit Möbeln aus Arvenholz ausgestattet. Das natürliche Material strömte einen angenehmen

Geruch aus und schaffte ein besonderes Raumklima. An einer Wand hingen Fotos der Eltern, Grosseltern, Nichten und Neffen des Kunden, alle identisch eingerahmt in verschiedenen Grössen. Herr S. arbeitete als Lokomotivführer.

Die Spitex-Einsätze waren vom Hausarzt verordnet worden. Unser Auftrag lautete, Herrn S. nach der Operation des geplatzten Blinddarms täglich den Verband zu erneuern. Ich nutzte die Dauer des Verbandwechsels für ein Gespräch zu seinem gesundheitlichen Allgemeinzustand. Dadurch erfuhr ich, dass er sich mit stark zuckerhaltigen Getränken und vielen Fertigprodukten ernährte. Ich wies Herrn S. vorsichtig darauf hin, dass dieses Verhalten ein hohes Risiko berge, einen Diabetes Mellitus Typ II – also eine «Zuckerkrankheit» - zu entwickeln. Zudem motivierte ich ihn zu einer Ernährungsumstellung. Ich empfahl ihm mehr Gemüse und Obst sowie Vollkornprodukte zu essen. Ich erklärte die positive Wirkung von regelmässiger Bewegung auf den Blutzucker und das Herz-Kreislauf-System. Der Kunde hörte mir aufmerksam zu, war jedoch nicht bereit, etwas an seinen Gewohnheiten zu ändern. Das galt es meinerseits zu akzeptieren, obwohl ich ihn gerne vor Unheil bewahrt hätte. Als mündiger Bürger bestimmte er selbst über seinen Lebenswandel.

Eines Tages erzählte mir Herr S. dann von einem ausgeprägten Durstgefühl, das ihn seit Tagen quäle. Aufgrund der Vorgeschichte dachte ich sofort, dass dies ein Indiz sein könnte für einen hohen Blutzuckerspiegel. Noch während desselben Besuchs führte ich einen Blutzuckertest durch, und tatsächlich: Der gemessene Wert war deutlich erhöht. Ich verständigte umgehend den Hausarzt. Dieser bestellte den Kunden am nächsten Tag in seine Praxis ein. Dort wurde eine Blutentnahme durchgeführt, deren Resultat den Langzeit-Blutzuckerwert des Patienten angibt. Anhand dieser Laboruntersuchung konnte der Arzt bei Herrn S. einen seit Längerem bestehenden erhöhten Blutzuckerspiegel feststellen. Er verschrieb ihm Medikamente, ordnete eine Ernährungsberatung an und bat uns, regelmässig morgens den nüchternen Blutzucker zu bestimmen.

Jetzt war Herr S. einsichtig und hielt sich an unsere Empfehlungen. Gravierende Langzeitschäden, wie zum Beispiel eine Mikrozirkulationsstörung in den Augen oder den äusseren Extremitäten, wurden dank meiner Intervention und dem frühzeitigen Entdecken der Krankheit verhindert. Im schlimmsten Fall wäre der bestehende hohe Blutzuckerspiegel noch länger unerkannt geblieben und hätte eine bleibende Sehschwäche oder Gefühls- und Durchblutungsstörungen in Händen oder Füssen nach sich ziehen können.

Diese Geschichte erklärt, warum mir das Motto «Prävention vor Symptombekämpfung» so sehr am Herzen lag. Es war der ständige Motor meiner Anstrengungen.

In der Spitex trug ich viel Verantwortung. Als diplomierte Pflegefachperson HF, musste ich auf einem Hausbesuch selbstständig entscheiden, wann bei einer Zustandsverschlechterung der Betroffenen der/die Arzt/Ärztin beizuziehen war.

In einer Notfallsituation, die sofortiges korrektes Handeln erforderte, musste ich einen klaren Kopf bewahren. Nicht selten erlebte ich kritische Situationen, die bei mir einen Adrenalinschub auslösten - Fallschirmspringen oder Bungee-Jumping in der Freizeit sind dagegen harmlos. Die meisten Notfälle, die ich erlebte, standen im Zusammenhang mit Stürzen. Um solche zu vermeiden, achtete ich immer genauestens darauf, Stolperfallen im Haushalt von Menschen mit erhöhter Sturzgefahr zu erkennen und zu benennen. Ich bat die BewohnerInnen, Teppiche, herumliegende Kabel oder andere gefährliche Gegenstände zu entfernen und sich einen Telealarm anzuschaffen - einen Knopf, mit dem die Betroffenen bei Bedarf Hilfe anfordern können.

Nicht immer wurden meine Ideen geschätzt. Die geliebten offenen Hausschuhe auszusortieren oder ans Herz gewachsene Gewohnheiten umzustellen war schwierig. Die Reaktionen der KundInnen fielen manchmal so heftig aus, als würde ich Unmenschliches von ihnen verlangen. Doch das nahm ich gelassen entgegen, denn ich wusste ja, dass ich recht hatte. Gelang es nicht im ersten Anlauf, dann bestimmt beim zweiten oder dritten Mal, ausser bei einzelnen «Spezialfällen» mit besonders hartem Dickkopf. Ich fand das auf eine Art auch sympathisch und liess die Sache irgendwann auf sich beruhen - meine Pflicht war getan.

Nicht immer ging das glimpflich aus. Einmal musste ich leider miterleben, wie eine Frau nach einem Sturz bei vollem Bewusstsein während der ganzen Nacht am Boden lag. Sie konnte nicht mehr allein aufstehen und auch keine

Unterstützung holen. Sie trug es mit Fassung und war einfach nur froh, als ich sie am Morgen von ihren Strapazen erlöste.

Neues Wissen in neuen Schläuchen

Gleichzeitig mit dem Stellenantritt bei der Spitex hatte ich die weiterführende Ausbildung begonnen. Alle zwei Wochen reiste ich zwei Tage nach Zürich zum Unterricht des berufsbegleitenden Lehrgangs «Höheres Fachdiplom Spitex-Pflege». Ich lernte neue KollegInnen kennen und wurde mit viel spannendem Fachwissen eingedeckt. Die Schule lag im Kreis 4, nahe dem Rotlichtmilieu. In der Mittagspause waren wir im Quartier unterwegs, um günstig essen zu gehen. In der Schule gab es keine Kantine. Im Multikulti-Viertel vibrierten die Strassen - eine lebhafte, farbige Atmosphäre. Ich konnte viel beobachten und entdeckte jedes Mal etwas Neues, auch einzelne idyllische, ruhige Orte. Mein Lieblingslokal, ein indisches Geschäft das direkt um die Ecke lag, verkaufte ein leckeres warmes Curry, eine indische Hauptmahlzeit. Die Gewürzmischung kannte mein Gaumen noch nicht - leicht scharf und aussergewöhnlich. Als fester Bestandteil gehörte eine Portion Naturjoghurt zum Gericht, das half, die Schärfe zu mildern. Am liebsten hätte ich jeden Tag dort gegessen. Meine KollegInnen bevorzugten ein Plätzchen im nahe gelegenen Park - und ich passte mich ihnen an, denn allein essen machte keinen Spass. Dort picknickten wir bei schönem Wetter im Schatten unter den Bäumen.

Auf den Zugreisen nach Zürich sass ich mit zwei Frauen meiner Klasse zusammen. Sie waren ebenfalls aus meiner Region. Zwischen uns fand ein reger Austausch zu den Unterrichtsthemen, über Berufliches und manchmal auch Privates statt. Wir verstanden uns blendend, die einstündige Fahrt war im Nu vorbei.

Dank diverser weiterführender Themen im Lehrgang erweiterte sich mein beruflicher Horizont. Wir erlangten zusätzliches Fachwissen in Pflege, Kommunikation und Organisation. Das für die Praxis äusserst hilfreiche Fach Methodik-Didaktik hatte ich noch nicht gekannt. Hier lernte ich, einem Publikum Wissen mit geeigneten pädagogischen Methoden zu vermitteln. Genauso interessant fand ich das Projekt- und Konfliktmanagement sowie die Fächer im Bereich Führung. Diese Inhalte befähigten mich, später eine leitende Position zu übernehmen. Nicht zuletzt erfuhr ich viel Neues zur Bewältigung von schwierigen Gesprächen und zu psychiatrischen Krankheitsbildern.

Eines Nachmittags kam ein Betroffener mit einer Krankheit aus dem schizophrenen Formenkreis zu Besuch in den Unterricht. Er engagierte sich für die Stiftung «Pro Mente Sana», die sich für die Anliegen von Betroffenen einer psychischen Erkrankung und gegen Stigmatisierung einsetzt. Sein Erlebnisbericht berührte mich tief, insbesondere die Schilderung zu den Reaktionen der Durchschnittsbevölkerung, die oftmals ablehnend auf seine Selbstgespräche in der Öffentlichkeit reagiere. Ich dachte: «Das darf doch nicht sein, schliesslich kann er nichts dafür!» Doch anscheinend war solch intolerantes Verhalten – häufig wohl schlicht auf Unverständnis beruhend – weit verbreitet.

Durch den äusserst interessanten Unterrichtsgast lernte ich den Begriff «Empowerment» kennen: eine Strategie, den Grad an Selbstständigkeit von betroffenen Menschen zu erhöhen respektive zu ermöglichen. Damit kann das Gefühl der Macht- und Einflusslosigkeit reduziert und vielleicht sogar ganz behoben werden. Diesen Ansatz integrierte ich fortan in meine tägliche Arbeit. Er wurde zu meinem Begleiter wie ein Talisman, den ich immer bei mir trug.

In der Weiterbildung erhielt ich unzählige neue Anregungen für den pflegerischen Alltag. Im ersten Jahr wurde beispielsweise verlangt, dass wir eine Arbeit zum Problemlösungsverfahren schreiben. Sie sollte praxisbezogen sein. Ich entschied mich, eine Neuregelung für unseren sogenannten Rapport zu finden, also den Informationsaustausch unter uns Spitex-Mitarbeitetenden. Aufgrund der gestiegenen Anzahl Kunden war die Zeit zu knapp bemessen, um alle Fälle in der vorgegebenen Zeit zu besprechen; die Gruppe war zu gross.

Mein Vorgehen umfasste mehrere Schritte, von der Problemanalyse über ein formuliertes Ziel bis hin zur Lösung. Der Rapport wurde in der Folge neu strukturiert.

Meine schriftliche Arbeit zum wurde mit «Gut» beurteilt. In der Bewertung stand, dass ich den Auftrag verstanden und nachvollziehbar umgesetzt habe. Ein kleines Erfolgserlebnis, das mir neuen Schwung gab.

Zwischenzeitlich fühlte ich mich jedoch am Arbeitsplatz häufig angetrieben und wurde unzufrieden. In einer Frühschicht musste ich jetzt bis am Mittag ungefähr 15 Besuche durchführen. Das war enorm viel. Die Zeit reichte bei Weitem nicht aus. Während jeder Unterhaltung mit Kunden war ich wie auf Nadeln. In meinem Kopf kreiste ständig die Frage, wie ich den Besuch so schnell wie möglich und trotzdem diplomatisch beenden könnte. Gleichzeitig plagte mich mein Gewissen, dem Bedürfnis der Kundschaft nach einem Gespräch nicht nachkommen zu können. Ich hatte eine gute Beobachtungsgabe und sensible Antennen, um wahrzunehmen, was sich die Menschen wünschten.

Es gab kaum Pausen. Die PatientInnen traten auch nach schweren Krankheitsverläufen immer früher und schwächer aus dem Spital aus, was entsprechend mehr Verantwortung und Aufwand für uns bedeutete.

Die Tatsache, das angeeignete neue Wissen unter diesen Bedingungen nicht nutzen zu können, zermürbte mich zusätzlich.

Ich versuchte, den Bedürfnissen der KundInnen entgegenzukommen, indem ich mich selbst unter Druck setzte, schneller zu arbeiten. Aus meiner Sicht gehört seelischer Beistand unbedingt zur guten Pflege dazu. Doch die eingesparte Zeit reichte nicht aus, diesem Ideal zu folgen. Nach Feierabend fühlte ich mich lustlos und ausgelaugt.

Im Rahmen des Lehrgangs zum höheren Fachdiplom absolvierte ich zu dieser Zeit ein Praktikum in einer psychiatrischen Klinik. Ich erlebte einen Arbeitsalltag, in dem der mündliche Austausch mit den PatientInnen an zentraler Stelle stand. Während der Besuche hatten die MitarbeiterInnen im Vergleich zur Spitex viel mehr Gestaltungsspielraum. Im interprofessionellen Austausch mit der ärztlichen Fachperson und dem Sozialdienst liess man sich Zeit für die Lösungsfindung anstehender Probleme und legte den Fokus auf Körper und Geist. Und das Wichtigste: Das Thema der seelischen Befindlichkeit der Betroffenen gehörte standardmässig dazu.

Ich erkannte, dass das Fachgebiet Psychiatrie mir eindeutig besser entsprach. Es schien, als hätte ich bei der Wahl der Ausbildung die falsche Fachrichtung eingeschlagen.

Das Schicksal meinte es jedoch gut mit mir: Exakt zu diesem Zeitpunkt wurde eine Stelle in der Abteilung frei, in der ich das Praktikum absolvierte. Ich packte die Chance und bewarb mich, trotz wenig Vorkenntnissen in diesem Bereich, auf die Stelle der Abteilungsleiterin im ambulanten Dienst Alterspsychiatrie. Ich hatte Glück und wurde eingestellt.

Meine Reaktion auf die Zusage fiel überschwänglich aus, denn die neue Aufgabe war perfekt auf mich zugeschnitten: Einerseits konnte ich in meinem bevorzugten Arbeitsfeld der spitalexternen Pflege bleiben und anderseits meine Kenntnisse aus der Weiterbildung in der neuen Rolle als Abteilungsleiterin bestens nutzen.

Eigentlich hatte ich noch mit meiner Mutter in einen Kanu-Urlaub nach Korsika fahren wollen, doch dazu kam es leider nicht mehr - ich musste nach Ablauf meiner Kündigungsfrist in der Spitex sofort am neuen Ort beginnen. Das nahm ich in Kauf, denn eine solche Stelle würde sich mir nicht so schnell wieder bieten.

Im Einsatz für geistige Gesundheit
Ambulant vor stationär

Der Ambulante Dienst Alterspsychiatrie (ADA) war eine kleine Abteilung der psychiatrischen Klinik der Region. Der aufsuchende Dienst unterstützte psychisch kranke SeniorInnen, die am Rand der Gesellschaft lebten.

Das Team der neuen Abteilung bestand aus drei Pflegefachpersonen, einer Assistenzärztin, einer Sozialarbeiterin und einer Oberärztin. Ein Sekretariat erledigte bestimmte Arbeiten für uns. Unsere Büros lagen im ersten Stock eines Klinikgebäudes. Jedes Teammitglied hatte, dem Arbeitspensum entsprechend, die Fallverantwortung für eine gewisse Anzahl PatientInnen. Wir standen im regen Austausch mit den pflegerischen Teams der stationären Abteilungen und bildeten eine gemeinsame Versorgungskette. Eine gute Zusammenarbeit war unverzichtbar. Die Stationen baten uns bei Bedarf um eine ambulante Begleitung, wenn sie einen Austritt ihrer Gäste nach Hause planten. Das Erstgespräch fand auf der Station statt und diente dem gegenseitigen Kennenlernen. Das half den Betroffenen, Ängste abzubauen. Während eines Eintritts in die Klinik wiederum begleiteten wir unsere PatientInnen, und setzten uns für einen reibungslosen Übertritt ein.

Meine Abteilung behandelte Menschen mit allen Arten von psychiatrischen Krankheiten. Dazu gehören unter anderem affektive- und psychosomatische Krankheitsbilder, Schizophrenien, Angst-, Zwangs- und Persönlichkeitsstörungen sowie Sucht- und Demenzerkrankungen. Ich erlebte, wie eine psychische Beeinträchtigung zur Vernachlässigung der Körper- und der Wohnungspflege und zu Mangelernährung führen kann. Sie isoliert die Betroffenen und macht sie einsam. Ihre Selbstwahrnehmung ist oftmals vermindert oder verfälscht. Dies bewirkt unter Umständen den Rückzug oder die Konfrontation mit anderen Personen. Gefühle wie Scham, Angst oder Aggression sind das Resultat.

Die Hierarchie in der Psychiatrie schien wesentlich flacher zu sein als im Akutspital. Die Oberärztin des ambulanten Diensts Alterspsychiatrie und ich bildeten ein interprofessionelles Leitungsteam. Jede Abteilung der Klinik hatte ein solches gleichberechtigtes Führungsgespann. Das Modell funktionierte gut, die Pflege bekam dadurch denselben Stellenwert wie der medizinische Bereich. Mit meiner Chefin, der pflegerischen Bereichsleiterin, verstand ich mich gut. Sie nahm mich ernst und ich spürte ihre Wertschätzung. Bei Schwierigkeiten unterstützte sie mich.

Im Abteilungsteam versuchte ich, den Austausch mit meinen Angestellten kollegial und konstruktiv zu gestalten, was mir meistens gelang.

Gemeinsam mit der Sozialarbeiterin hatten wir 14-täglich die Gelegenheit, an einer Supervision teilzunehmen, um uns und unsere Arbeit selbstkritisch und wertfrei anhand von Fallbesprechungen zu reflektieren. Das bildete ein wichtiges qualitätssicherndes Element im Arbeitsprozess, besonders weil wir fast ausschliesslich allein arbeiteten.

Ich nahm regelmässig an diversen Sitzungen und Weiterbildungen teil, um auf dem aktuellen Informationsstand zu bleiben und mich mit den Leitungspersonen anderer sozialer Institutionen zu vernetzen. Im Austausch konnte ich neue Ideen sammeln und hören, wie es anderen in einer ähnlichen Position ergeht.

Anmeldungen erhielten wir direkt von Angehörigen, HausärztInnen und anderen sozialen Einrichtungen der Stadt, die auf eine Notsituation gestossen waren und uns um Unterstützung baten. Die Polizei nahm unsere Dienste regelmässig und gern in Anspruch. Dort arbeiteten unter anderem auch ausgebildete SozialarbeiterInnen. Sie bekamen beispielsweise Meldungen von Nachbarn zu Geruchs- oder Lärmbelästigungen. Wenn sie in der anschliessenden Abklärung vor Ort feststellten, dass die Ursache des Problems auf eine psychiatrische Erkrankung hindeutet, - wurde der Fall an uns weitergeleitet. Am häufigsten kam dies bei Betroffenen mit einem Messie-Syndrom vor - eine Krankheit, die mit der Unfähigkeit verbunden ist, sich von nutzlosen Gegenständen wieder zu trennen und Ordnung zu halten. Das Horten von Unrat führt bei den Betroffenen zuhause zu hygienisch nicht mehr verantwortbaren Bedingungen. In diesen Wohnungen oder Häusern gibt es allerhand Ungewöhnliches zu sehen - von extrem schmutzigen und engen Platzverhältnissen über Schimmel bis hin zu Ungeziefer.

Unser Dienst genoss eine hohe Bekanntheit im sozialen Netzwerk der Region. Solche Vernetztheit ist wichtig, da die Betroffenen selten von sich aus Hilfe anfordern. Aufgrund ihrer psychischen Beeinträchtigung zeigen viele von ihnen keine Krankheitseinsicht, sondern erleben sich selbst als gesund - ein typisches Merkmal bestimmter Erkrankungen. Das ist der Grund, warum diese Menschen trotz eindeutigen Bedarfs häufig, erst sehr spät oder gar keine Hilfe erhalten.

Dennoch haben auch sie Anrecht auf eine professionelle medizinische Versorgung. Unser Auftrag definierte sich dahingehend, diesen Personen die notwendige Unterstützung zugänglich zu machen, indem wir sie in ihrer Wohnung aufsuchten und so eine Lücke im Versorgungsnetz schlossen. Wir brachten die Hilfe sozusagen zu ihnen nach Hause, da sie unfähig waren, sie selbst anzufordern. Eine meiner Vorgängerinnen und Initiatorin dieses Modells nannte sich deshalb «die Rucksack-Schwester».

Anfänglich war ich mit dem neuen Fachgebiet etwas überfordert. Dank grosser Unterstützung der Oberärztin und entsprechendem Studium von Fachliteratur lernte ich jedoch schnell die wichtigsten Grundlagen kennen. Das neu erworbene Wissen befähigte mich, im Umgang mit PatientInnen adäquat zu reagieren. Ich war sehr lernbegierig, eine neue Welt erschloss sich mir.

Im praktischen Arbeitsalltag half das Erlernte ungemein. Schliesslich musste ich die unterschiedlichen Reaktionen der Betroffenen einordnen und nachvollziehen können. Durch eine professionelle Haltung im Gespräch, Vertrauensbildung und gezielte Unterstützungsleistungen konnte ich negativen Entwicklungen im Verhalten psychisch kranker Menschen entgegenwirken. Meine Sensitivität kam mir hierbei zugute: Schwierige Situationen erkannte ich blitzschnell, konnte ihnen mit der entsprechenden Vorsicht begegnen und eine Eskalation vermeiden.

Mir gefiel die Arbeit mit SeniorInnen ausgesprochen gut. Schon in meiner Kindheit empfand ich eine grosse Sympathie für ältere Menschen und fand, dass sie besonderen Respekt verdienen.

Meine Wertschätzung dieser Altersgruppe gegenüber stammt vermutlich von einer engen Beziehung zu meinen Grosseltern. Ich hatte das Glück, noch alle vier Grosselternteile kennengelernt zu haben.

Die Eltern meines Vaters lebten im gleichen Ort. Ich traf sie in der Kindheit und Jugend mehrmals wöchentlich. Sie erzählten mir oft sehr anschaulich aus früheren Zeiten, als sie in armen Verhältnissen gelebt hatten.

Mein Grossvater wuchs als Pflegekind bei einer fremden Familie auf und bekam keine Liebe. Schliesslich fand er eine Lehrstelle bei einem Spenglermeister - das war seine Rettung. Nach dem Berufsabschluss konnte er sich allmählich eine Existenz aufbauen und meine Grossmutter heiraten - für ihn das Grösste auf dieser Welt.

Meine Grossmutter mütterlicherseits war gelernte Gärtnerin und führte ehrenamtlich ein Brockenhaus. Mein zweiter

Grossvater war ebenfalls arm aufgewachsen. Er wurde von einem Lehrer finanziell gefördert, damit er studieren konnte. Das spornte meinen Grossvater unglaublich an: Bereits mit siebenundzwanzig Jahren erhielt er seinen Professorentitel in Botanik. Das begeisterte und faszinierte mich zugleich.

Ich empfand grosse Bewunderung für diese Generation, sie mussten viel mehr für ihren Lebensunterhalt kämpfen als meine Altersgruppe.

Wir arbeiteten in unserer Abteilung strikte nach dem Modell der Bezugspflege. Alle Mitarbeitenden waren zugleich Fallverantwortliche, und Vertrauensperson ihrer PatientInnen. Dank dieses personenzentrierten Konzepts wurden die Bedürfnisse der Menschen ins Zentrum gestellt. Der Alltag bestätigte mir den Nutzen dieses Prinzips.

In der Rolle der Bezugsperson instruierte ich die Betroffenen, sich bei Schwierigkeiten zuerst an mich zu wenden, um Rat zu suchen. Dadurch war die Zuständigkeit geklärt. Das half, Missverständnisse zu vermeiden, und schaffte mehr Vertrauen. Die Besuche fanden ausschliesslich durch mich statt, ausser bei Ferienabwesenheit. So entstand automatisch eine Bindung zwischen mir als zuständige Pflegefachfrau und meinen PatientInnen.

Mit empathischen Motivationsgesprächen konnte ich die Betroffenen zu mehr Krankheitseinsicht und besserer Kooperation bewegen. Schwierigkeiten mit dem Umfeld kamen daraufhin seltener vor. Zudem liessen sich die PatientInnen dank des Vertrauens eher dazu bewegen, ihr Leben wieder aktiver zu gestalten.

Die Koordination zwischen allen involvierten sozialen Stellen, den Betroffenen und den Angehörigen wurde ebenfalls durch mich als Fallverantwortliche wahrgenommen. Ich strebte eine Vernetzung zwischen Beratungs-, Behandlungs- und Betreuungsangeboten an und war zuständig für die vollständige und rechtzeitige Informationsübermittlung, um eine lückenlose Versorgung zu garantieren. Dies alles führte zu einem längeren Verbleib der Betroffenen zu Hause.

Die Besuche erstreckten sich über ein grosses Einzugsgebiet, die Wegzeiten waren entsprechend lang.

Es kam immer wieder vor, dass eine Tür trotz vereinbartem Termin nicht geöffnet wurde. In der Zeit bis zum nächsten Hausbesuch lohnte es sich nicht, zurück ins Büro zu fahren. Das war mühsam, liess sich jedoch kaum vermeiden. Denn Menschen mit einer psychischen Störung vergessen oft Termine, bekommen in letzter Minute Angst oder melden sich nicht ab. Sie liessen mich teilweise auch nicht ohne Weiteres in ihre Wohnung eintreten; Geduld war gefordert. Es brauchte manchmal mehrere kurze vertrauensbildende Gespräche an der Haustür, bis die Betroffenen einlenkten und mir Zutritt zur Wohnung gewährten. - Hätte ich mir diese Mühe nicht gemacht, wären sie womöglich ohne Hilfe geblieben.

Traten Wartezeiten auf, überbrückte ich diese, indem ich mir Notizen machte oder mit dem Geschäftshandy in einer ruhigen Ecke telefonierte, es gab immer etwas zu organisieren oder abzuklären. Manchmal glich mein Alltag einem Vagabundenleben.

Vor einem Eintritt in die Klinik hatten viele Betroffene grossen Respekt. Die Generation der von uns betreuten PatientInnen war in einer Gesellschaft aufgewachsen, in der die Psychiatrie negativ belegt war. Menschen mit psychischen Störungen wurden früher stark stigmatisiert und gemieden. Einen stationären Aufenthalt erachteten sie deshalb häufig als Niederlage und als traumatisches Erlebnis.

Trotzdem gab es Situationen, in denen es für Betroffene unumgänglich wurde, vorübergehend in die Klinik einzutreten. In Absprache mit den ÄrztInnen und den Angehörigen wurde dies sorgfältig beurteilt und anschliessend schonend mit den PatientInnen besprochen. Zeigten die Betroffenen keine Einsicht in die Notwendigkeit der Massnahme, kam es zu einem fürsorgerischen Freiheitsentzug, abgekürzt «FFE». Dies wurde durch eine/n Amts- Ärtzin/Arzt veranlasst. Voraussetzung dafür war das Kriterium der Selbst- und/oder Fremdgefährdung. Dies traf beispielsweise bei akuter Suizidalität oder bei Gewaltandrohungen gegenüber Dritten zu, kam jedoch selten vor.

Ich bin froh, nur einmal einen dramatischen unfreiwilligen Eintritt miterlebt zu haben. Die Verzweiflung, die spürbar wurde auf Seiten der Betroffenen und der Familie, als die Ambulanz kam, war kaum auszuhalten.

Die Frau schrie und fuchtelte mit den Armen in der Luft, während sie von mehreren Sanitätern auf einer Liege mit Gurten festgebunden wurde. Ich hatte Mühe, in diesem Moment gefasst zu bleiben.

Emotionale Achterbahn

An die verbalen Angriffe einiger weniger PatientInnen, die ich aus professioneller Sicht nicht persönlich nehmen durfte, musste ich mich zuerst gewöhnen. Ich bot als Bezugsperson eine Angriffs- und Projektionsfläche für Frustrationen der Betroffenen. Meine Funktion ähnelte manchmal der eines Blitzableiters. Das durfte ich in den Gesprächen nicht vergessen. In diesen Momenten wäre es falsch gewesen, sich zu rechtfertigen. Viel eher half es, Verständnis für die Unzufriedenheit der leidvoll geplagten Personen zu zeigen. Diese Haltung bewirkte, dass sie sich ernst genommen fühlten und in der Regel beruhigen liessen.

Ich gebe zu, es gab in all den Jahren auch Reaktionen meinerseits, die nicht optimal waren. In solchen Fällen wurde ich selbstkritisch und stand zu meinen Fehlern. Mich dafür zu entschuldigen, war selbstverständlich und bereitete mir keine Schwierigkeiten. Ich blieb im Kontakt immer authentisch, was wiederum Vertrauen schaffte. Menschen mit einer psychischen Beeinträchtigung spüren sehr schnell, ob man es ehrlich mit ihnen meint. Ist dies nicht der Fall, ziehen sie sich sofort zurück, um sich vor weiteren Verletzungen zu schützen.

Es machte mich betroffen, zu erleben, wie sehr sich ein Mensch aufgrund von Angst- oder Zwangsgedanken einschränken lässt. In diesem Zusammenhang erinnere ich mich an eine zierliche, nette Dame.

Frau U. war abgemagert, ihre Gesichtszüge eingefallen. Ihr ganzes Erscheinungsbild wirkte sehr zerbrechlich. Sie schilderte mir, wie sie sich gezwungen fühle, jeden Morgen nach dem Frühstückskaffee zwanzig Mal zu prüfen, ob der Herd ausgeschaltet sei. Anschliessend müsse sie das Badezimmer gründlich reinigen, sich duschen und dann zwanzig Mal kontrollieren, ob der Wasserhahn zugedreht und die Badewanne sauber und trocken sei. Die Küche und das Badezimmer glänzten, ich konnte keinen einzigen Wassertropfen oder Kalkflecken darin entdecken. In keinem der Zimmer standen oder lagen Gegenstände herum. An den Teppichen konnte ich hingegen erkennen, an welchen Stellen der Staubsauger besonders häufig zum Einsatz kam. Die Wohnung wirkte fast abweisend steril, man konnte sich nicht recht vorstellen, Zeit darin zu verbringen.

Erst nach beenden des langwierigen, alltäglichen Zwangsablaufs, konnte Frau U. ihren anderen Verpflichtungen nachgehen. An Tagen ohne meine Besuche verliess sie erst kurz vor Mittag die Wohnung, nachdem sie den Schlüssel ein letztes Mal im Schloss gedreht hatte.

Sie verlor so viel ihrer Lebenszeit durch die unnötigen Putz- und Kontrollzwänge. Ich hätte ihr so sehr mehr Leichtigkeit gewünscht.

Eine andere Patientin, Frau Z., hatte aufgrund ihrer wahnhaften Störung ebenfalls Schwierigkeiten ihr Leben zu geniessen. Sie wohnte in einer spartanisch eingerichteten 1-Zimmer-Wohnung in einer Alterssiedlung. Dort fühlte sie sich wohl, trotz Lärm-Emissionen von der Strasse vor ihrem Fenster. Ihr Lebensstandard war bescheiden, obwohl sie sich mehr hätte leisten können. Sie pflegte sich und ihren Haushalt selbstständig. Dabei legte sie grossen Wert auf Details und Gewohnheiten; alles musste immer gleich vonstattengehen. Sie kaufte jede Woche eine Packung Bündnerfleisch. Das sei gut für die Blutbildung, meinte sie. Vor einem Ausflug hielt sie sich an den Wetterbericht. Nur bei einer Temperatur zwischen 23 und 25 Grad und Sonnenschein wagte sie es, einen Ausflug anzutreten. Regeln vermittelten ihr Sicherheit. Sie fühlte sich von Personen aus ihrer Vergangenheit verfolgt und beobachtet. Daher fiel es ihr schwer, das Haus zu verlassen. Sie war von Angst geplagt.

Ich motivierte sie in Gesprächen, ihre Unabhängigkeit zu bewahren. Das war nicht einfach. Frau Z. liess sich immer wieder von unangenehmen Gedanken irritieren. Mein Beistand half ihr, ihren Tag möglichst so zu gestalten, wie sie es ohne Bedrohungsgefühl getan hätte. Während meines Hausbesuchs erhielt sie einmal monatlich eine Injektion: Ich verabreichte ihr ein Neuroleptikum, ein Medikament, das die Wahnideen dämpft, in den Gesässmuskel. Die Patientin legte sich dazu seitlich aufs Bett. Mit einem speziellen Griff, entlang des zu ertastenden Knochens fand ich die richtige Einstichstelle; das erforderte etwas Geschick. Ich musste exakt den richtigen Punkt finden, das war äusserst wichtig - bei fehlerhafter Durchführung hätte ich einen Nerv treffen können.

Das Medikament injizierte ich in die Muskulatur, damit es von dort langsam an den Körper abgegeben wurde und die Wirkung über längere Zeit anhielt. Das chemische Mittel war eine Errungenschaft der Medizin, die viele Vorteile brachte, allerdings auch Nebenwirkungen verursachte. Diese Frau entwickelte mit der Zeit Spätdyskinesien, das sind Bewegungsstörungen, die sich bei ihr in unkontrollierten Gesichtsbewegungen zeigten. Ihre Zunge bewegte sich häufig, was ihr ein etwas läppisches Erscheinungsbild verlieh. Das tat mir leid für sie.

Mittlerweile gibt es zum Glück bessere Produkte, ohne diesen negativen Nebeneffekt.

In der Alterssiedlung gab es einen Mittagstisch. Es brauchte einige Überredungskünste, bis die Patientin einwilligte, daran teilzunehmen. Doch das gemeinsame Essen mit den MitbewohnerInnen gefiel ihr gut, und sie fühlte sich dadurch weniger einsam.

Meine Besuche verliehen ihr offenbar den erforderlichen Rückhalt, etwas Neues auszuprobieren. Ich durfte jedoch in meiner Rolle keine Unsicherheit ausstrahlen, das hätte fatale Folgen haben können: Meine Verunsicherung wäre sofort auf Frau Z. übergesprungen, was sich destabilisierend auf sie ausgewirkt hätte.

Im Gespräch mit ihr klärte ich jeweils ihre Befindlichkeit. Nahmen die quälenden Gedanken der Patientin zu, versuchte ich sie zu beruhigen, intensivierte meine Kontakte und berichtete der zuständigen Ärztin davon. Daraufhin wurde im Normalfall die Injektionsdosis des Neuroleptikums vorübergehend erhöht. So liess sich rechtzeitig eine schwere psychische Krise von Frau Z. verhindern.

Ohne diese Massnahmen hätte die Zustandsverschlechterung womöglich zu einem erneuten Eintritt in die Klinik geführt. Gelang es dies zu vermeiden, galt das als grosser Erfolg unseres Einsatzes, denn dadurch konnte eine Re-Traumatisierung abgewendet werden.

Ich empfand es als sehr befriedigend, mich für ein solches Ziel einzusetzen.

Unterwegs musste ich manchmal schwierige Entscheide treffen. Blieb die Wohnungstür einer Person verschlossen, obwohl wir einen Termin vereinbart hatten, lag es an mir, die Ursache des Versäumnisses abzuklären. Ich klingelte mehrmals - vielleicht hatte man mich nicht gehört, weil die Person gerade ein Nickerchen hielt? Folgte keine Reaktion, versuchte ich mit meinem Handy, die Festnetznummer der betreffenden Adresse anzurufen.

Blieb dies ebenfalls ohne Erfolg, überlegte ich mir den Grund, der zum verpassten Termin geführt haben könnte. Handelte es sich um eine mündige, selbstständige Person, die gewohnt war, das Haus regelmässig zu verlassen, war ich eher unbesorgt - vermutlich hatte sie mich schlicht vergessen und sass womöglich gerade ganz entspannt auf einer Parkbank in der Sonne. Doch manchmal konnte ich einen Notfall nicht ausschliessen; vielleicht war jemand verletzt oder verstorben. Gab es Angehörige, die einen Schlüssel zur Wohnung besassen, musste ich entscheiden, ob ich sie anrufen oder noch warten wollte. Ansonsten liess ich bei Bedarf den Schlüsseldienst kommen.

In solchen beunruhigenden Momenten die alleinige Verantwortung zu tragen, ist eine schwere Last. Im Spital oder in anderen sozialen Institutionen konnte ich mich mit dem Team besprechen. In der Ambulanz sind die richtigen Ansprechpartner jedoch nicht immer sofort verfügbar. Grundsätzlich konnte ich mit dieser Belastung gut umgehen, doch manchmal wäre mir lieber gewesen, zu zweit zu sein.

Als schwierigstes Erlebnis in meiner gesamten pflegerischen Praxis empfand ich den Suizid einer unauffälligen, 65-jährigen Frau, die ich am Tag zuvor das erste Mal besucht hatte. Sie empfing mich sehr gastfreundlich und bot mir gleich ein Glas Wasser an. Das Gespräch verlief unspektakulär, ihre Wohnung wirkte gepflegt. Sie sammelte Frösche in ganz unterschiedlichen Ausführungen, geschätzt würde ich sagen Hundert Stück, überall verteilt in Ecken, Regalen und auf Fensterbrettern der Wohnung. Wir vereinbarten einen nächsten Termin und ich verabschiedete mich nach einer Stunde, ohne ihre wahren Gedanken zu kennen.

Ich fiel aus allen Wolken, als ich zwei Tage danach erfuhr, dass mein Besuch womöglich der letzte Kontakt gewesen war, bevor sich die Frau von einem Hochhaus stürzte.

Natürlich kamen in mir Fragen hoch, ob ich einen Fehler gemacht oder etwas übersehen hatte.

Hätte ich ihre Entscheidung, sich das Leben zu nehmen, aufgrund des Gesprächs erahnen müssen? Wieso geschah es gerade zu diesem Zeitpunkt? Warum hatte sie mir nichts von ihren Absichten gesagt? Vieles blieb unbeantwortet, und das konnte ich nur schwer ertragen.

Es war eine grosse Unterstützung, mich mit KollegInnen und erfahrenen ÄrztInnen darüber auszutauschen.

Die Frau hatte eine lange Leidensgeschichte hinter sich. Das Gespräch mit mir stellte darin eine ganz kurze Episode dar. Es gab mehrere Psychiater und anderes therapeutisches Personal, das vor mir involviert gewesen war. Im Gespräch mit der Patientin gab es keine Anhaltspunkte, dass sie zu einem solchen Schritt bereit sein könnte. Wie hätte ich es also wissen können?

Solche Erlebnisse können in der Psychiatrie nicht ausgeschlossen werden, die Oberärztin meiner Abteilung erinnerte mich daran. Das half mir aber nur bedingt weiter. Trotzdem musste ich einen Weg finden, dieses Ereignis zu verarbeiten und mich innerlich zu distanzieren, – was nach einer gewissen Zeit schliesslich auch gelang. Vergessen werde ich diese Frau jedoch nie. Sie hat in meinem Leben eine Spur hinterlassen, genau wie viele andere Menschen mit ihren Schicksalen.

Zeig was Du gelernt hast!

Mit der Ausbildung des höheren Fachdiploms in Spitex-Pflege ging es voran. Bereits seit zwei Jahren fuhr ich regelmässig zum Unterricht nach Zürich. Im letzten Studiensemester war eine Abschlussarbeit zu schreiben. Ich entschied mich, einen Qualitätsstandard für das Übertrittsprozedere im ambulanten Dienst Alterspsychiatrie zu entwickeln. Ein Standard ist ein Dokument, das die verschiedenen Kriterien beschreibt, die einen Arbeitsprozess beeinflussen und die erfüllt werden müssen als Voraussetzung für das gute Gelingen einer Handlung.

Übertritte gab es in der Klinik oft. Alle wichtigen Informationen mussten zeitgleich mit dem Wechsel der Betreuungsperson weitergeleitet werden. Die neu zuständigen Pflegefachpersonen waren darauf angewiesen zu wissen, welche pflegerische Unterstützung bisher erbracht worden war, genauso wie die Scheiderin die Masse kennen muss für das Kostüm welches sie gerade näht.

Unverzichtbare Angaben waren die Schilderung der Problemstellung, die Medikation inklusive Dosierung und Häufigkeit der Verabreichung, wichtige Adressdaten, die Krankenkassennummer, die Diagnose und bereits stattgefundene Untersuchungen inkl. Resultate.

Seit Jahren war die unvollständige Informationsübermittlung an den Schnittstellen ein Schwachpunkt. Daraus resultierte ein unterschiedlicher Wissensstand der Fachpersonen. Das

barg die Gefahr von unkoordinierten Unterstützungsmassnahmen, Missverständnissen und Versorgungslücken. Abklärungen fanden doppelt statt, Betroffene und Angehörige
mussten dieselben Fragen mehrfach beantworten - das war
müssig. Nicht selten musste ich mir aus zwei-drei, herumflat-
ternden Notizzetteln die Informationen zusammenklauben.
Mir waren darob schon oft die Haare zu Berge gestanden,
doch einfaches Erwähnen des unbefriedigenden Umstands
im Team und auf den Stationen brachte keine Besserung. Jetzt
sah ich meine Chance, dieser Disziplinlosigkeit ein Ende zu
setzen.

Die Ziele meiner Arbeit kann ich so zusammenfassen:
«Während eines Übertritts der PatientInnen vom ambulanten
Dienst Alterspsychiatrie auf die Klinikstationen oder umge-
kehrt wird eine reibungslose Übergabe garantiert. Das beinhaltet einen vollständigen Informationsfluss, ein einheitliches
Vorgehen und kollegiale Zusammenarbeit. Alle involvierten
MitarbeiterInnen müssen die relevanten Angaben zur Pflegesituation rechtzeitig erhalten. Die Sicherheit der PatientInnen wird dadurch gesteigert.»

Als Erstes erstellte ich einen Zeit- und Vorgehensplan. Dann
informierte ich alle involvierten Mitarbeitenden, organisierte
Projektsitzungen, die ich leitete, schrieb Protokolle, und zu
guter Letzt führte ich im Hörsaal der Klinik eine interne Informationsveranstaltung durch.

Ich hatte meine erste Power-Point-Show erstellt, blau-gelbes Design, ansprechende Fotos, Tabellen, Diagramme und jede Menge Effekte. Ich war fasziniert von den neuen Möglichkeiten. Mich begeisterte die Einfachheit des Programms. Die Diashow zu präsentieren, erfüllte mich mit Stolz. Solche Software-Anwendungen waren bisher in meinem beruflichen Umfeld wenig bekannt.

Zum Publikum zählten vor allem Mitarbeitende der betroffenen Abteilungen. Ich kommentierte mein Projekt und erklärte das Vorgehen mit vor Aufregung zitternder Stimme. Die Rückmeldungen fielen durchwegs positiv aus und die Teams zeigten sich bereit, die neuen Arbeitsinstrumente in der Praxis anzuwenden. «Na endlich!», dachte ich und lächelte in mich hinein.

Der Leitfaden und der Anmeldebogen, die ich entwickelt hatte, wurden zukünftig konsequent im Übertrittsprozedere eingesetzt. Die schriftliche Arbeit war schnell geschrieben, und als ich nach der Korrektur das dick gebundene Heft der Abschlussarbeit in den Händen hielt, überkam mich ein erhebendes Gefühl. Kurz darauf war die Ausbildung beendet. Ich hatte bestanden, die Diplomfeier konnte steigen.

Zusammen mit meinen KlassenkollegInnen erlebte ich einen feierlichen Abend. Unsere Familien waren bei der Diplomübergabe anwesend.

Im Anschluss an die offizielle Zeremonie ging ich mit meinen Angehörigen indisch essen, dieses Mal in einem gediegenen Restaurant in der Innenstadt. Der Raum, in dem wir sassen, war reich geschmückt, auf den Bänken lagen kleine Brokat-Kissen. Von der Decke hingen wunderschöne, orientalisch-indische Hängelampen mit vielen winzig kleinen Löchern, durch die das warme Licht schien.

Ich genoss den Abend in all seinen Facetten: die Ansprache der Lehrpersonen, die Diplomübergabe, die Sonnenblume, die wir geschenkt erhielten, das Essen mit den unzähligen kleinen Spezialitätentellern inmitten meiner erzählenden, sich neckenden, lachenden Familie.

Papierkram

Im Alltag nahmen die Dinge ihren Lauf. Die Stelle im ambulanten Dienst füllte mich vollumfänglich aus. Die Aufgaben waren spannend und in einem guten Mass herausfordernd, die Stimmung im Altersbereich und in meiner Abteilung ausgeglichen. Die Zusammenarbeit funktionierte gut, die gegenseitige Wertschätzung zwischen den verschiedenen Berufsgruppen und Abteilungen innerhalb der Klinik war ganz selbstverständlich. Wir pflegten einen fruchtbaren, konstruktiven interprofessionellen Austausch. Ich fühlte mich wohl.

Allmählich gab es jedoch immer mehr administrative Arbeiten zu erledigen. Anfangs fand ich die zusätzlichen Vorgaben harmlos. Freudig liess ich mich auf ein neues Computerprogramm ein, das der elektronischen Dokumentation diente. Ich tastete mich Schritt für Schritt an die Aufgabe heran und war überzeugt, die Arbeitsprozesse könnten damit vereinfacht werden.

In der kaufmännischen Ausbildung hatte ich das 10-Finger-System gelernt. Das kam mir beim Tippen zugute. Das ganze Behandlungsteam hatte jetzt jederzeit Zugriff auf den Verlaufsbericht - ein deutlicher Vorteil gegenüber der handschriftlichen Version. Der Informationsfluss gelang zeitnaher. Meine Mitarbeitenden, die mit dem Tastaturschreiben Mühe bekundeten, motivierte ich, die Umstellung positiv zu sehen.

Es dauerte nicht lange und die Einführung eines Qualitätssicherungsprogramms folgte. Unsere Leistungen erfassten wir ab diesem Zeitpunkt ebenfalls elektronisch, zu unterschiedlichen Tarifen. Dann wurden Statistiken zu den Einsatzzeiten verlangt. Die Digitalisierung hielt Einzug. Die Anwendung der Software und die technischen Fähigkeiten mussten nebst dem üblichen Alltagsgeschäft eintrainiert werden. Wir erhielten nur eine kurze interne Weiterbildung, doch das reichte nicht aus. Der Aufwand für die Umstellung überstieg nach und nach unsere Kapazitäten.

Unsere Berufsgruppe tat sich schwer mit dem PC - völliges Neuland für die meisten. Ängste entwickelten sich, mit den Ansprüchen überfordert zu sein.

Eine Arbeitskollegin hatte grosse Mühe, sich mit den neuen Arbeitsinstrumenten zu arrangieren. Sie verlor viel Zeit, die sie wirksamer für ihre PatientInnen hätte einsetzen können; das frustrierte sie. Ich hatte Verständnis, denn nicht alle konnten im Umgang mit den neuen Mitteln versiert sein.

Die Abläufe hatten sich nicht, wie erhofft, vereinfacht, sondern waren komplizierter geworden. Von der Klinikleitung wurde zudem gefordert, dass wir alle unsere Arbeitsschritte minutiös schriftlich festhalten, in der Annahme, die Wirksamkeit und Effizienz unserer Interventionen könne dadurch ermittelt werden. Das Gegenteil war der Fall: Viele kleine Handlungen oder der zwischenmenschliche Beistand wurden mit den neuen digitalen Arbeitsinstrumenten nicht vollständig erfasst und abgebildet. Es war schwierig, die Werte und Grundhaltungen, die ich im Austausch mit den PatientInnen vertrat, schriftlich zum Ausdruck zu bringen. Die Freundlichkeit und Empathie während der Interaktion, blieben im Verborgenen.

Der soziale, einfühlsame Umgang mit Menschen ist einer der wichtigsten Grundpfeiler der psychiatrischen Pflege. Darauf baut alles auf. Die Problematik, dies mit den vorhandenen Arbeitsinstrumenten belegen zu müssen obwohl dies nicht funktionierte, nagte am Selbstwert. Es entstand ein Gefühl von fehlender Wertschätzung meiner/unserer Arbeit gegenüber. Schliesslich gaben wir tagtäglich unser Bestes.

Der Kostendruck im Gesundheitswesen stieg. Der ökonomische Wandel verlangte eine gedankliche Wende. Ich und meine KollegInnen waren gezwungen, nun in Tarifeinheiten zu denken. Das erschwerte ganzheitliches Handeln und widersprach unserem Berufsbild. Meine Generation von Pflegefachpersonen war es nicht gewohnt, marktwirtschaftlich zu überlegen, und wir waren ohne Computer und Handy aufgewachsen. Zur Zeit unserer Ausbildung rechnete man im

Spital mit Tagespauschalen. Wir lernten, unsere Unterstützungsangebote nach dem Bedarf auszurichten, nicht nach den Kriterien der Kosteneffizienz.

Ich empfand die vielen administrativen Verpflichtungen zunehmend als Schikane. Es war zermürbend, so viel Zeit in Dinge zu investieren, in denen ich keinen Sinn erkennen konnte. Wieso mussten wir unsere Arbeit rechtfertigen? Vertraute man uns nicht, dass wir diesen Beruf mit den besten Absichten ausübten? Wir sind professionell ausgebildet und richten uns doch nach diesen Richtlinien! Reicht das denn nicht?

Aus meinem Selbstverständnis heraus strebte ich automatisch den grösstmöglichen Nutzen meines Einsatzes für die Betroffenen an. Ich war mir sicher, dass dies genauso galt für mein Team und die Mehrheit des gesamten Pflegepersonals. Entsprechend erschien mir die immense Beweislast übertrieben.

Ich thematisierte die Problematik in verschiedenen Gremien und mit meiner Vorgesetzten, der pflegerischen Bereichsleiterin. Dabei stiess ich durchwegs auf Verständnis. Meine Chefin konnte die Schwierigkeiten und die Unzufriedenheit nachvollziehen, doch ihr waren die Hände gebunden.

Sie musste sich an die Vorgaben der Klinik halten, und diese sich wiederum an die Richtlinien des Krankenversicherungsgesetzes (KVG) und die Gesetze des Kantons. Meine Chefin erklärte mir, die Versicherungen dürften die schriftlichen

Unterlagen ihrer KlientInnen von uns jederzeit anfordern um zu prüfen, ob sich der medizinisch-pflegerische Einsatz lohne. Die Geldgeber besässen sogar das Recht, ihre Zahlungen zu verweigern!

Zum ersten Mal wurde mir deutlich bewusst, welche Macht die Krankenkassen besitzen. Äusserst fragwürdig fand ich, wie sie anhand von schriftlichen Unterlagen, ohne die PatientInnen selbst zu kennen, über die Notwendigkeit einer Hilfestellung entscheiden konnten.

Ich fühlte mich hilflos diesem Umstand gegenüber. Schliesslich fügte ich mich in mein Schicksal. Von nun an achtete ich genau darauf, jede einzelne Arbeitsminute zu erfassen. Ich resümierte: Nun ist es umso wichtiger, jede kleinste Leistung abzurechnen, damit die Bezahlung unserer Arbeit nicht noch stärker unter Druck kommt und nichts der Krankenkasse geschenkt wird. Diese etwas trotzige Haltung vertrat ich auch gegenüber meinen Mitarbeitenden. Na ja, viel habe ich damit nicht erreicht.

Um auf andere Gedanken zu kommen, entschied ich mich, einen Kurs in Fussreflexzonentherapie nach Hanne Marquardt zu besuchen. Die alternative Medizin hatte mich schon immer interessiert. Meine Mutter behandelte uns bereits als Kinder erfolgreich mit homöopathischen Mitteln. Ich war positiv eingestellt gegenüber fast allen Naturheilmethoden.

Die Druckmassage ist eine Handwerkskunst. Für jedes Organ befindet sich ein Reflexpunkt an den Füssen, der behandelt werden kann. Die Therapeutin muss die Anatomie kennen und ebenso das Zusammenspiel der Körperprozesse. Die Lehrerin brachte uns die verschiedenen Indikationen und Kontraindikationen einer Fussreflexzonentherapie bei. Es machte Spass, mir das neue Wissen anzueignen. Die Weiterbildung entpuppte sich als guter Ausgleich zu meiner mehrheitlich kommunikativen Tätigkeit.

Wir behandelten im Kurs unsere Füsse gegenseitig. Das war zwar etwas gewöhnungsbedürftig, aber lustig und eine wichtige Erfahrung. Manche waren kitzelig, andere hatten Hemmungen. Nachdem sich das Gelächter gelegt hatte und wir uns – die Behandelnden - am Bettende auf einem Hocker positioniert hatten, lernte ich an den Füssen der Kollegin jeden Reflexpunkt zu lokalisieren. Anschliessend tauschten wir die Rollen. Selbst massiert zu werden, war sehr angenehm und äusserst entspannend.

Nach Abschluss des Kurses wendete ich das Gelernte bei Angehörigen und FreundInnen an, und nachdem ich erste Erfahrungen gesammelt hatte, probierte ich die «Ausgleichsgriffe» bei
interessierten PatientInnen aus. Diese Griffe dienen ausschliesslich der Entspannung, zum Beispiel indem ich die beiden Fersen der liegenden Person in meinen Händen halte und vorsichtig daran ziehe, um sie dann langsam wieder in die Ausgangsposition zurückgleiten zu lassen. Ich konzentrierte mich darauf, meinen eigenen Rücken gerade zu halten und die Bewegungen sanft auszuführen.

Die BehandlungsempfängerInnen konnten während der Massage ihre Anspannung loslassen. Das teilten sie mir jedenfalls in den Rückmeldungen zur Therapie mit – und das freute mich natürlich. Nie erlebte ich, dass jemand die Fussreflexzonentherapie unangenehm fand.

Selbst die alternativ-medizinische Methode verlangte die schriftliche Erfassung aller Daten; sämtliche Reaktionen und Symptome wurden festgehalten. Das war wichtig für die erfolgreiche Behandlung. Mir fehlte allerdings die Zeit und die Disziplin, die Berichte zu schreiben und die Auffrischungskurse zu besuchen. Deshalb wagte ich auch später nie, körperliche Beschwerden von Betroffenen mit Fussreflexzonentherapie zu behandeln. Das wäre zu heikel gewesen, denn es gibt wie bei den somatischen Krankheitsbildern auch bei psychiatrischen Erkrankungen diverse Kontraindikationen.

Herausforderung gesucht
Eine Entscheidung für die Zukunft

Mittlerweile leitete ich seit acht Jahren den Ambulanten Dienst Alterspsychiatrie in der psychiatrischen Klinik. Ich hatte mir eine Routine angeeignet, dennoch kam keine Langeweile auf. Die Arbeit entsprach nach wie vor meinen Vorstellungen, auch die Führungsaufgaben gefielen mir und es mangelte nicht an Abwechslung.

Mir war im Kontakt mit PatientInnen wichtig, einen möglichst objektiven Blick zu bewahren, immer wohlwollend zu bleiben und die kleinen Fortschritte im Genesungsprozess anzuerkennen. In jeder Begegnung lernte ich dazu. Jede Lebensgeschichte, die ich hörte, war spannend. Besonders interessant fand ich, die Zusammenhänge zwischen Biografien und dem Entstehen von Krankheiten zu verstehen zu versuchen. Für die Mehrheit aller Beschwerden schien es einen ursächlichen Grund zu geben.

Rückschläge in Bezug auf meine pflegerischen Anstrengungen waren leider nicht immer zu vermeiden. Manchmal verschlechterte sich der Zustand der PatientInnen aus unerklärlichen Gründen - vielleicht hatte eine Kleinigkeit das körperliche oder seelische Gleichgewicht gestört? Der Auslöser war nicht immer erkennbar. Meine Aufgabe war es, dies auszuhalten, nach neuen Lösungen zu suchen und der Person in ihrer Situation beizustehen. Eine allfällige aufsteigende Enttäuschung meinerseits aufgrund von

Therapierückschritten musste ich zurückhalten. Diese hätte sich im negativen Sinn auf die Betroffenen übertragen.

Gelang es jedoch, gemeinsam mit den PatientInnen eine Lösung zur Verbesserung ihrer Lebensqualität zu finden, fühlte ich mich glücklich. Das geschah ausschliesslich im Dialog, denn Menschen nehmen nur Hilfe an, wenn sie selbst von deren Wirksamkeit überzeugt sind. Ich konnte ihnen den Weg aufzeigen, Hoffnung geben und beistehen. Die Umsetzung der Massnahmen hingegen lag bei ihnen.

In empathischen Gesprächen mit Angehörigen wirkte ich beratend und versuchte, psychologisch oder pflegerisch-organisatorisch zu entlasten. Die Dankbarkeit, die ich erntete, war riesig - ich erhielt immer wieder handschriftliche Karten von Angehörigen, die dies zum Ausdruck brachten. Manche Trauerfamilien erwähnten mich lobend in der Todesanzeige. Dies zeigte mir, wie wichtig mein Einsatz gewesen sein musste, und erfüllte mich mit Demut.

Die Stelle im Ambulanten Dienst Alterspsychiatrie passte wirklich gut zu mir und zu meinen Fähigkeiten. Trotzdem spürte ich in dieser Phase meines Berufslebens, dass die Zeit reif wurde für eine Veränderung. Die Erlebnisse in Südamerika, zusammen mit dem Wunsch mehr gegen die Ungerechtigkeiten zu tun, trieben mich innerlich an. In der Zwischenzeit hatte ich mehrere progressive Bücher gelesen, die sich mit dem Weltgeschehen beschäftigten. Eines davon war «Die Zukunft der Demokratie - das postkapitalistische Projekt» von Beat Ringger (Hrsg.). Die zentrale Aussage darin bezieht sich auf die Beständigkeit einer Demokratie. Die Annahme lautet, dass Demokratie weiterentwickelt werden muss und dass das nicht geht, ohne das Korsett des Kapitalismus zu sprengen.

Die kapitalistischen Machtverhältnisse werden im Buch aus verschiedenen Perspektiven kritisch beleuchtet. Es ist ein Aufruf zum Widerstand und zur Mitgestaltung eines neuen Systems.

Zuerst erschienen mir diese Thesen sehr gewagt. Ich konnte mir nicht vorstellen wie das funktionieren könnte. Schliesslich war ich in diesem System aufgewachsen und kannte nichts anderes. Doch meine Erlebnisse im Ausland und die enormen finanziellen Unterschiede - auch in der Schweiz - waren ein Indiz dafür, dass sich etwas ändern muss. Ich war mir sicher: Die Ungleichheiten konnten nicht alle mit grösserem Fleiss oder unterschiedlicher Intelligenz unter Menschen erklärt werden. Die Sache war eindeutig komplexer, und ich wünschte mir, die Zusammenhänge besser zu verstehen.

Das Buch hatte mich neugierig gemacht. Es zeigte mir eine Vision einer möglichen Richtung der globalen Entwicklung auf, die mich optimistisch stimmte. Mein politisches «Ich» war geboren.

Ich begann mich zu informieren, welche Weiterbildungsmöglichkeiten mir offenstanden. Durch meine zukünftige berufliche Qualifikation beabsichtigte ich mehr Einfluss zu erlangen. Meine Hoffnung war, dank einer höheren Position innerhalb eines Betriebs in der Gesellschaft mehr bewirken und verändern zu können; ich hatte noch nicht verstanden, welchen

Widerspruch das darstellt. Dabei achtete ich darauf, mich auf die Studiengänge zu beschränken, die mich tatsächlich einen grossen Schritt in der Karriere weiterbringen würden. Das führte zu einer begrenzten Auswahl.

Die Heimleitungs-Ausbildung war eine Option, die infrage kam - damit hätte ich später ein ganzes Pflegeheim leiten können. Die kaufmännische Ausbildung bildete eine ideale Grundlage dazu. Als Heimleiterin wäre mir die Gestaltung einer ganzen sozialen Institution ermöglicht worden, eine Rolle mit viel Einfluss. Doch mir wurde schnell klar, dass diese Aufgabe nicht zu mir passen würde. Eine Pflegeeinrichtung untersteht den marktwirtschaftlichen und gesundheitspolitischen Gesetzen. Ich müsste mit vorhandenen Mitteln wirtschaften. Mein Gestaltungsspielraum bliebe begrenzt auf den engen finanziellen Rahmen; grosse Visionen hätten keinen Platz.

Eine weitere Möglichkeit, die ich ins Auge fasste, war die Ausbildung zur Mediatorin oder ein nachträgliches Psychologiestudium. Doch diese hätten wenig an meinem Einfluss auf die Zusammenhänge in der Gesellschaft geändert.

In der Berufsberatung stiess ich auf die Beschreibung des Masterstudiums «Entwicklung Nachhaltigkeit für Bildung und Soziales». Ich nahm an einer Informationsveranstaltung des Studienanbieters teil. Die Lerninhalte überzeugten mich sofort – es wurden auch Themen aus dem Buch «Die Zukunft der Demokratie» aufgegriffen. Langsam bekam ich eine Ahnung, wie diese mit meinem Beruf in Verbindung stehen könnten.

Der Abschluss eines berufsbegleitenden Masterstudiums würde mich in vielerlei Hinsicht weiterbringen. Ich hatte es immer bedauert, keine Matura zu besitzen und nicht studieren zu können. Der Lehrgang an einer renommierten Privatschule richtete sich explizit an Berufsleute mit Berufserfahrung und setzte keine Matura voraus. Jetzt hatte ich die einmalige Gelegenheit, einen offiziell anerkannten Bologna-Studienabschluss zu erwerben. Die wichtigsten Dozenten waren zudem Professoren an etablierten Universitäten. Diese Chance wollte ich unbedingt ergreifen.

Ganz neue Perspektiven

Das Studium dauerte ebenfalls zweieinhalb Jahre. Die Klasse war klein und überschaubar, die Studierenden kamen aus der ganzen Schweiz. Die Hauptstudienfächer waren Nachhaltige Entwicklung (sustainability), Anthropologie, Ethik, Soziale Arbeit sowie Soziologie der Gegenwart; die Fächer Wissenschaftstheorie und Forschungsmethoden ergänzten das Ganze. Die Anforderungen und Ziele des Studiengangs bestanden darin, fachliche, methodische, soziale und persönliche Kompetenzen zu erwerben, um in den unterschiedlichsten Berufsfeldern, in denen wir bereits kompetent arbeiteten, die Dimension der «nachhaltigen Entwicklung» zur Wirkung zu bringen.

Ein ganz zentraler Punkt war es, Verständnis dafür zu entwickeln, dass allen Wahrnehmungen, Bewertungen und Entscheidungen bestimmte Menschen- und Weltbilder zugrunde liegen. Diese wirken unbewusst, kaum jemand hinterfragt sie kritisch. Menschen funktionieren in Abhängigkeit zu einem gesellschaftlichen System. Die zwei Professoren und die DozentInnen vermittelten uns die Fähigkeit, diese Prozesse zu hinterfragen und zu verändern, und ich lernte die Definition des Begriffs Nachhaltigkeit kennen, wie sie von der Brundtland-Kommission beschrieben wird:

„Nachhaltige Entwicklung ist Entwicklung, die die Bedürfnisse der Gegenwart befriedigt, ohne zu riskieren, dass künftige Generationen ihre eigenen (existenziellen) Bedürfnisse nicht befriedigen können."

Ein weiterer Baustein waren die Inhalte der sogenannten Agenda 21. Darin sind alle wesentlichen Politikbereiche einer umweltverträglichen, nachhaltigen Entwicklung ausformuliert. Es ist ein Aktionsprogramm für das 21. Jahrhundert, das in Rio 1992 bei der UN- Konferenz für Umwelt und Entwicklung von mehr als 170 Staaten unterzeichnet wurde.
Im Studium setzten wir uns mit der Frage auseinander, wie die Umsetzung dieser Ziele gelingen kann. Uns wurde die Notwendigkeit eines grundsätzlichen Wandels der globalen Gesellschaft aufgezeigt. Sie müsse die Maxime des wirtschaftlichen Wachstums verlassen und sich zu einer umfassenden, integralen Gesellschaft wandeln, die die ökologischen Grenzen unseres Planeten respektiert und Frieden für die Menschen und Völker bringt. Ein hoher Anspruch!

Der Professor für Pädagogik und Philosophie brachte uns den anthropologischen Dreischritt näher. Dieser baut auf der These auf, dass der Mensch nicht nur Tier, nicht nur gesellschaftliches Wesen, sondern auch fähig ist, eigenständig, vernünftig und frei zu entscheiden. Um das besser zu verstehen, diskutierten wir verschiedene philosophische Ansichten und lasen Bücher der grossen DenkerInnen. Der Grundsatz des kategorischen Imperativs von Immanuel Kant überzeugte mich schliesslich. Nach diesem Prinzip zu leben, bedeutet gemäss Kant, nur nach derjenigen Maxime zu handeln, die du dir auch als allgemein gültiges Gesetz wünschst. Im Volksmund gibt es ein Sprichwort dafür: «Was du nicht willst, das man dir tu, das füg auch keinem anderen zu».

Jean Zieglers Buch «Der Hass auf den Westen» öffnete mir die Augen für die Zusammenhänge von Kolonialismus und Imperialismus. Mir wurde die Doppelmoral der westlichen Welt bewusst. Erich Fromm veränderte mit seinem Bestseller «Haben oder sein» meine Geisteshaltung in Bezug auf den materiellen Wohlstand radikal. Wir setzten uns mit innovativen Ideen auseinander, wie zum Beispiel dem bedingungslosen Grundeinkommen, Alternativwährungen und basisdemokratischen Strukturen. Das Bild, wie die Umsetzung der grossen Ziele gelingen könnte, formte sich langsam in meinem Kopf.

Im Studium wurden auch die Prinzipien von wirtschaftlicher Nachhaltigkeit erklärt und der sparsame Umgang mit Rohstoffen veranschaulicht. Die Materialien werden in der sogenannten Kaskadennutzung mehrfach verwendet.

Am Beispiel des Ursprungsprodukts Holz aufgezeigt:

Aus dem Holz eines Baums wird ein Möbel in guter Qualität produziert, damit es lange hält. Wenn der Besitzer das Möbel nicht mehr braucht, gibt er es in einer Tauschbörse an andere weiter. Ist das Möbel irgendwann kaputt, können daraus immer noch «Upcycling Produkte» hergestellt werden, etwa Kerzenhalter. Die Entsorgung der Kerzenhalter geschieht schliesslich im Sperrmüll. Dort werden alle Holzprodukte sortiert, gereinigt, und die Holzfasern zu Spanplatten weiterverarbeitet. Diese können später der Papierproduktion als Rohstoff dienen. Das weisse Papier kann beidseitig beschriftet/bedruckt werden. Die Altpapiersammlung bildet schliesslich die Grundlage für die Produktion von WC-Papier, und dieses wird wiederum in einer Komposttoilette zu Humus verwandelt. Später kann daraus ein neuer Baum wachsen.

Dieses Nutzungsprinzip nennt sich auch Kreislaufwirtschaft - in meinen Augen die einzige zukunftsfähige Wirtschaftsform die es gibt.

Besonders angesprochen hat mich der Aspekt der sozialen Nachhaltigkeit. Mit anderen Worten heisst das, Frieden und Gleichberechtigung zwischen allen Menschen und Völkern, jederzeit. Damit diese gewährleistet werden kann, müssen Menschenrechte und Chancengleichheit garantiert sein, und diese wiederum bilden die Basis zur Entwicklung einer globalen Ethik mit partizipativer Demokratie.

Partizipative Demokratie meint eine Demokratie der Beteiligung und Mitbestimmung. Werden solche Ansätze in der Praxis umgesetzt, kann die Zivilgesellschaft auf allen

Entscheidungsebenen mitbestimmen. Städte und Regionen führen beispielsweise verschiedene Veranstaltungen - sogenannte Zukunftswerkstätten - durch, an denen die Quartierbevölkerung ihre Bedürfnisse und Interessen einbringen und mitentscheiden kann. Das fördert die Akzeptanz eines Projekts und garantiert ein konstruktives Miteinander. Solche Prozesse sind jedoch zeitaufwendig. Bis ein Konsens gefunden wird, scheinen sie mitunter endlos. Wichtig ist, eine praktikable Methode der Mitbestimmung zu finden.

Ich fand, die Grundsätze der partizipativen Demokratie müssten langfristig sogar auf alle Bereiche des Zusammenlebens der globalen Gesellschaft ausgeweitet werden.
In diesem Sinne stünde auch die UNO in der Pflicht, sich als Gremium zu reformieren. Das oft Prozesse blockierende Vetorecht der Grossmächte wäre dann hinfällig. Die Zivilgesellschaft und Nichtregierungsorganisationen bekämen Vertretungen und ein Mitbestimmungsrecht. Ein solches basisdemokratisches System übernähme Verantwortung für künftige Generationen und auch für den Schutz der Natur. Dank einer globalen Steuerung könnten zukünftig soziale Konflikte vermieden und weltweit für Mensch und Natur förderliche Entscheide getroffen werden.
Gleichzeitig wurde mir bewusst, dass ohne Frieden zwischen allen Nationen und der Sicherung der Grundbedürfnisse der gesamten Menschheit die Grundlage zur erfolgreichen Erreichung übergeordneter Ziele fehlt.

Ein Drama, denn die Menschen sind im tiefsten Kern ihres Seins alle gleich. Alle tragen die Fähigkeit zur Liebe in sich!

«Es gibt keine Einsamkeit, die nicht aufzuheben wäre. Alle Wege führen zu ein und demselben Punkt: der Mitteilung dessen, was wir sind. Man muss die Einsamkeit und die Strenge, das Schweigen und die Stille überwinden, um zu jenem magischen Ort zu gelangen, an dem wir unbeholfen tanzen oder melancholisch singen können. Aber in diesem Tanz oder in diesem Lied brennen die ältesten Riten des Bewusstseins; das Bewusstsein, zu den Menschen zu gehören und an ein gemeinsames Schicksal zu glauben.»
Pablo Neruda

———————————

«Es gibt kein Ich, wir sind immer wir.»
Octavio Paz

Zuviel Action

Um den Anforderungen dieses Studiums gerecht zu werden, entschied ich mich mein Pensum zu reduzieren und dafür die Stelle zu wechseln. Ich fand eine 50-Prozent-Anstellung in der kurz zuvor eröffneten, modernen, mit LED-Spots beleuchteten und auf Hochglanz polierten Notfallstation der psychiatrischen Klinik. Mein Arbeitsauftrag war, die PatientInnen zu empfangen, die zu einem stationären Aufenthalt eintraten oder ein dringendes Abklärungsgespräch mit einem

Psychiater benötigten. Während der Wartezeit, beim ärztlichen Gespräch und auf dem Weg in die zugeteilte Station galt ich als Ansprechperson für die Eintretenden. Ich begrüsste sie, schrieb einen pflegerischen elektronischen Eintrittsbericht, erfasste die Personalien und andere wichtige Angaben, prüfte die Vitalzeichen und schätzte den Pflegebedarf ein. Im Diagnose- und Abklärungsgespräch übernahm ich die Vermittlerrolle zwischen Arzt/Ärztin und Patient/in - nicht wie eine Anwältin, sondern eher wie eine Brückenbauerin, die hilft Hürden abzubauen und Mut gibt, Schwieriges anzusprechen. Ich war bemüht, die besten Voraussetzungen für einen geordneten, ruhigen Ablauf zu schaffen.

Die ersten Momente des Eintritts von PatientInnen zählten zu den schwierigsten Herausforderungen in dieser Funktion. Es galt, innert Sekunden zu erkennen, ob jemand fremdgefährdend ist. Falls ja, bedeutete dies eine latente Gefahr für alle Anwesenden. Wenn jemand unter starken Wahnideen litt, die die betroffene Person zur Getriebenen werden liessen, konnte es in seltenen Fällen zu Projektionen und Anfeindungen gegenüber dem Personal oder anderen im Raum Anwesenden kommen. Dieser unberechenbaren Gefahr bewusst, führte jedes Klingeln bei mir zu einer unmittelbaren Anspannung im Körper: Jede einzelne Zelle schaltete auf Abwehrbereitschaft. Ich versuchte, mir nichts anmerken zu lassen, denn das hätte Zweifel an meiner Souveränität aufkommen lassen.

Die Anspannung kam nicht von ungefähr. Einmal erlebte ich, wie ein junger, unter einer Schizophrenie leidender Patient in mir eine Hexe sah. Die Begrüssung verlief vorerst problemlos, er wartete beim Empfang der Abteilung auf dem blauen Le-dersofa, neben ihm sass ein Pfleger der Station, der ihn von früheren Aufenthalten in der Klinik kannte und der zufällig da war. Als ich den Patienten ansprach, flackerte in seinen Augen Wut auf, seine Miene versteinerte sich. Mich traf dieser Blick mit voller Wucht, ich zuckte zusammen. Im selben Moment schoss der Mann vom Sofa hoch und wollte sich auf mich stürzen. Der Kollege reagierte sofort und rief den Patienten mit fester Stimme zurück. Das zeigte Wirkung: Er verfolgte mich nicht weiter und ich konnte den Abteilungstrakt durch den Hinterausgang verlassen. Dort drückte ich den Alarmknopf. Die Polizei kam auf direktem Weg von der Patrouille zu uns und überwältigte den Mann nach kurzer Gegenwehr. Er wurde direkt auf die geschlossene, forensische Abteilung gebracht. Ich kehrte etwas verstört an meinen Arbeitsplatz zurück, erleichtert, dass nichts Schlimmeres passiert war.

Normalerweise treten sehr angespannte, aggressive PatientInnen direkt mit Polizeibegleitung ein, um genau solchen Gefahren vorzubeugen und die Irritationen für die Betroffenen so gering wie möglich zu halten, aber Ausnahmen konnte es immer mal geben. Diese schwer kranken Menschen brauchen Hilfe, die sie zu spät oder gar nicht gesucht oder erhalten haben. Das ist eine Realität der Psychiatrie, die die Bevölkerung meist gar nicht mitbekommt.

Leider nehmen Ereignisse mit Gewalt im gesamten Gesundheitswesen generell zu. Wir Pflegefachpersonen befinden uns an vorderster Front und sind damit am stärksten von diesem

Phänomen betroffen. Flächendeckende Schutz- und Qualitätsstandards im Bereich der Sicherheit sind noch lange nicht überall eine Selbstverständlichkeit.

Nach dem geschilderten Vorfall, setzte ich mich mit Erfolg für eine Überwachungskamera und Gegensprechanlage an der Tür ein. Ich erhoffte mir für das gesamte Team der Notfallstation mehr Sicherheit. Wir waren in unserer Abteilung mehrheitlich Frauen und oft nur zu zweit im Dienst. Mit den Sicherheitsvorkehrungen am Haupteingang konnten wir uns - durch die Kameraaufnahmen und eine kurze Begrüssung über den Lautsprecher - einen ersten vagen Eindruck vom Aggressionslevel der Eintretenden verschaffen, bevor wir die Tür öffneten.

Im Normalfall verlief die Begrüssung der Hilfesuchenden aber ruhig und freundlich. Dann konnte ich meine Empathie und mein Fachwissen zum Wohl der Betroffenen einsetzen, und versuchen sie in der schwierigen, akuten Phase ihrer Krankheit zu unterstützen.

Es gab auch Flauten auf der Notfallstation. Diese nutzte ich, um liegengebliebene Arbeiten zu erledigen; Flexibilität lautete die Devise. Das störte mich nicht, im Gegenteil, diese Stelle bot mir das Privileg, viele Kontakte zu knüpfen und verschiedene Bereiche der Psychiatrie kennenzulernen. Durch die Begleitung der eintretenden PatientInnen bis auf die Stationen, kannte ich das dortige Personal und die Bedingungen auf den Abteilungen gut. Das fand ich interessant und aufschlussreich. Ich lernte viele neue Aspekte der Psychiatrie kennen.

Ich genoss ausserdem den Umstand, nun in einem geheizten Gebäude im Team zu arbeiten.

Die Auseinandersetzung mit den grundlegenden Themen des Studiums bewirkte in mir eine Persönlichkeitsveränderung. Ich wurde politisch aktiver und insgesamt kritischer und ich begann mein Verhalten am Arbeitsplatz den neuen Erkenntnissen anzupassen.

Da meine Handlungen im Alltag die ökologischen, sozialen und wirtschaftlichen Umgebungsfaktoren mitprägten, wollte ich Möglichkeiten finden, diese dahingehend zu modulieren. In manchen Räumen der Abteilung, die wenig benutzt wurden, brannte das Licht 24 Stunden am Tag; da lag das erste Einsparpotenzial. Ich thematisierte meine Beobachtungen mit den ArbeitskollegInnen. Wir entschieden, darauf zu achten, die Lichter in diesen Zimmern zu löschen, sobald wir den Raum verliessen. Als Nächstes versuchten wir, Papier zu sparen und bei der Materialbestellung biologisch abbaubare Produkte zu bevorzugen. Nachdem diese Massnahmen umgesetzt waren, folgten viele weitere Schritte - nach und nach kam so ein grosser ökologischer Effekt zustande.

In der Supervision regte ich dazu an, gemeinsam unsere Teamarbeit zu reflektieren. Dank dieser Auseinandersetzung erkannten wir die individuellen Stärken jedes Einzelnen. Diesen Fähigkeiten schenkten wir daraufhin mehr Beachtung, insbesondere in der Zuteilung von Spezialaufgaben. Jede/r konnte auf diese Weise produktiver werden. Die gegenseitige Wertschätzung untereinander stieg.

Dann wagte ich einen weiteren Vorstoss, indem ich nun die nächsthöhere Hierarchiestufe als Zielgruppe ansteuerte. Meine Vorgesetzten waren einverstanden, von mir eine Weiterbildung mit dem Titel «Nachhaltigkeit in der Pflege» für alle pflegerischen Führungspersonen der Klinik durchführen zu lassen. Ich legte Wert darauf, meine AbteilungsleiterInnen für dieses Thema zu sensibilisieren, und hoffte, sie für meine Anliegen gewinnen zu können. Im Idealfall würden sie die neuen Erkenntnisse auch an ihre Mitarbeitenden weitergeben - ein ökologisch-sozialer Wandel innerhalb der Klinik wäre das erfreuliche Resultat gewesen.

Die Veranstaltung war gut besucht. Der Vortrag stiess auf ein positives Echo. Ich freute mich über den Erfolg. Die Umsetzung der Ziele durch die Leitungspersonen liess allerdings zu wünschen übrig. Die Rückmeldungen zu konkreten Anpassungen im Hinblick auf Nachhaltigkeit auf den Abteilungen blieben aus. Eine einzelne Veranstaltung reichte offensichtlich nicht, um alte Gewohnheiten hinter sich zu lassen und neue zu etablieren. Dazu hätte es wohl konkrete Ziele auf der obersten Führungsebene und ein ausgeklügeltes Projektmanagement benötigt. Mir blieb es leider verwehrt, mich dafür einzusetzen.

Eine Analyse mit Erkenntnissen

Das Studium neigte sich dem Ende zu. Beflügelt und mit vielen Visionen im Kopf, begann ich meine Master-Thesis zu verfassen. Mit dieser Arbeit konnte ich beweisen, dass ich die

Lerninhalte verstanden hatte und fähig war, sie in der Praxis anzuwenden. In meinem Fall bedeutete dies, konkrete, zielführende Methoden und Wege zu finden, den pflegerischen Bereich nachhaltiger zu gestalten und mir etwas wirklich Praxistaugliches einfallen zu lassen.

Da meine Erfahrungen hauptsächlich aus dem Bereich der Gerontologie stammen, griff ich für die Prüfungsarbeit ein Thema im Altersbereich auf. Ich wählte den Titel «Alt sein in der globalen Gesellschaft? - Die Alterspolitik vor dem Hintergrund Nachhaltiger Entwicklung». Um zum Kern des Themas vorzudringen, gehörte es im Rahmen der Master-Thesis dazu, zuerst zu recherchieren, was im konkreten Fall bedeutete diverse Bibliotheken zu durchstöbern und viel zu lesen. Die gefundene Literatur und einige Fachartikel fanden Verwendung in meinem Text und die Auseinandersetzung mit den Inhalten, erweiterte meinen fachlichen Horizont.

In den ersten Kapiteln der Thesis erfasste ich den Ist-Zustand im Altersbereich sowie in der Alterspolitik und klärte die wichtigen Begriffe. Es folgte ein Beschrieb der ökonomischen Krise, der ökologischen Notlage und zur Krise der Demokratie, in der die ganze Gesellschaft steckt. Dann leitete ich den Text über zur Definition von Nachhaltigkeit und skizzierte einen Abriss der grossen Themenbereiche des Studiums. Eine Analyse der aktuellen Alterspolitik der Region anhand der offiziellen Strategiepapiere und ein Entwurf von mir zur Vervollständigung, unter dem Aspekt der Nachhaltigkeit, durften nicht fehlen. Grob gesagt kam ich zum Schluss, dass Grundbedürfnisse, Chancengleichheit, Partizipation und

Interdisziplinarität auch in der Alterspolitik erfüllt sein müssen, was bisher nicht erreicht worden war. Im föderalen System der Schweiz wären der Kanton und die Gemeinden für die Umsetzung zuständig.

Das Fazit lautete: Ältere Menschen haben Anspruch auf angemessenen Wohnraum, gute Gesundheit und Integration in ein funktionierendes soziales Umfeld. Die Wohnungen müssen barrierefrei und erschwinglich sein. Genügend niederschwellige Strukturen zur Begegnung und Aktivierung befinden sich in Gehdistanz, und nicht zuletzt muss der einfache Zugang zur gesamten Gesundheitsversorgung und der öffentlichen Infrastruktur auch für Randgruppen gewährleistet werden.

Frauen und MigrantInnen sind in der aktuellen Alterspolitik teilweise benachteiligt. Ich formulierte das Ziel, diese Ungleichheiten auszumerzen und eine Mitwirkung und Mitentscheidung der heterogenen älteren Bevölkerung in politischen Entscheiden, die sie persönlich betreffen, zu garantieren. Die Gründung eines Seniorenforums im Internet wäre beispielsweise ein sehr guter Anfang in diese Richtung, der mancherorts bereits realisiert wurde. Zuletzt beschrieb ich ein Ideal, das ökonomische Motive nicht über die Bedürfnisse der Betroffenen stellt. - Zur Begründung zog ich humanistische Prinzipien heran.

Ich griff die Aspekte «Wohnen» und «Pflege» im Alter auf. Diese beiden Bereiche spielen eine zentrale Rolle in der ambulanten pflegerischen Arbeit. Die theoretische Analyse dazu führte zur wichtigsten Feststellung, dass viele Menschen im

Alter allein leben und unter Einsamkeit leiden. Das deckte sich mit den Erfahrungen aus meinem bisherigen Berufsleben. Um dieser Gefahr zu begegnen, beschrieb ich in der Master-Thesis einen Lösungsansatz, der die bestehenden Wohnformen im Alter durch Gemeinschafts-Wohnprojekte ergänzt. Ich dachte dabei an Alterswohngemeinschaften, aber auch an Generationenhäuser.

Im praktischen Aufgabenteil führte ich ein qualitatives Interview durch und leitete eine Projektgruppe zum Thema «Bedarf eines solidarischen Gemeinschafts-Wohnprojekts in der Region».
Im Interview sprach ich mit einer Bewohnerin eines Pilotprojekts in Deutschland. Sie wohnt mit anderen Seniorinnen und mit alleinerziehenden Müttern in einem Gemeinschaftshaus. Die Alleinerziehenden sind froh und dankbar um die Unterstützung in der Kinderbetreuung. Die älteren Mitglieder erhalten hingegen eine sinnerfüllte Aufgabe und sind eingebunden in eine Gemeinschaft. Brauchen sie pflegerische Unterstützung in Form von einfachen Hilfestellungen, haben sie vertraute Menschen in ihrer Nähe, die das übernehmen können.
Die Interviewpartnerin schilderte voller Enthusiasmus, wie sie das Projekt gegründet hatten und wie sich das Modell im Alltag bewährt. Sie meinte, sie würde diese Wohnform jederzeit weiterempfehlen. Ihre Begeisterung wirkte ansteckend.

Neu motiviert, bildete ich nun eine Projektgruppe und lud die wichtigsten Akteure aus dem Bereich «altersgerechtes Wohnen» der Region ein.

Ich lud bewusst nur Frauen ein, da mein Angebot speziell für diese oft von Einsamkeit betroffene Gruppe konzipiert werden sollte. Frauen sind die grösste Kohorte alleinlebender Personen in der Region und wohl auch an vielen anderen Orten. Die Idee war, im Austausch mit den Teilnehmerinnen zu prüfen, ob eine partizipative Gemeinschafts- Wohnform in der Gemeinde von den betroffenen und involvierten Gruppen positiv aufgenommen werden würde.

Nach Auswertung der durchgeführten Expertengespräche kam ich zum Schluss, dass eine solidarische Wohngruppe eine zukunftsfähige, nachhaltige Wohnform darstellt. Damit dies gelingen kann, müssen die BewohnerInnen bereit sein, sich auf neue Denkstrukturen einzulassen, und Mut für Ungewohntes, Flexibilität und Gemeinschaftssinn mitbringen.

Als Schwierigkeit stellte sich die Beschaffung notwendiger finanzieller Mittel heraus, da auf der politischen Ebene noch keine Bereitschaft bestand, alternative Wohnformen zu prüfen und zu unterstützen. Das habe ich sehr bedauert.

Das Schreiben der Diplomarbeit war eine intensive Zeit mit ihren Höhen und Tiefen. Ich investierte viele Tage und Stunden in das Lesen der Lektüre und das Verfassen des Textes. Manchmal zweifelte ich daran, ob es mir gelingen würde, alle Anforderungen zu erfüllen. Ich biss mich aber durch, gelangte zum Abschluss und bestand die Prüfung im September 2011.

Auf zu neuen Horizonten

Nun machte ich mich voller Tatendrang auf die Suche nach einer Arbeitsstelle, die es mir ermöglichen würde, das erworbene Wissen in der Praxis anzuwenden. In einer Gesundheitsinstitution wollte ich nicht bleiben, da mir die hierarchischen Strukturen und die gesundheitspolitischen Verhältnisse zu unflexibel erschienen.

Meine Bewerbungen blieben jedoch erfolglos. Arbeitsplätze im Bereich Nachhaltigkeit gab es nur ganz wenige. Ich bewarb mich teils blind bei Unternehmen, die eine nachhaltige Vision verfolgten – zu diesem Zeitpunkt gehörte es noch nicht zum guten Ton, aus Image-Gründen solche Ziele auszuweisen, sondern es steckte tatsächlich etwas dahinter. Doch auch diese Bemühungen trugen keine Früchte - ich bekam lauter Absagen. Womöglich war der Zeitpunkt für den Wandel in den Unternehmen noch nicht reif. In einem Gespräch mit dem zuständigen Mitarbeiter in der Behörde für Alterspolitik meiner Region wurde mir bestätigt, dass die finanziellen Mittel schlicht nicht vorhanden seien für einen in ihren Augen neuen Ansatz.

Mein letzter Versuch galt einer Stelle in einer Gesundheitsbehörde in einer Gemeinde. Dort wurde eine Pflegefachfrau HF für die Abklärungsstelle gesucht, welche prüft, ob die betroffenen Gemeindemitglieder tatsächlich einen Bedarf für einen Pflegeheimplatz ausweisen oder ob ihnen anderweitig weitergeholfen werden kann. Ich kannte dieses Arbeitsfeld, da wir im Ambulanten Dienst Alterspsychiatrie eng mit einer ähnlichen Stelle zusammengearbeitet hatten. Meine Chancen, die Stelle zu bekommen standen gut. Im Vorstellungsgespräch erklärte ich selbstbewusst meinen idealistischen Wunsch, nebst der Abklärungsarbeit ein Gemeinschafts-Wohnprojekt im Dorf zu initiieren und mitaufzubauen. Ich sprach von einem Leuchtturmprojekt und einer Chance für den Ort. Doch die Verantwortlichen entschieden sich für eine andere Bewerberin, wohl nicht zuletzt aufgrund meiner ausgefallenen Idee.

Parallel zur Stellensuche nahm ich an einem Ideenwettbewerb einer Stiftung teil. Mein Projekt «Nachbarschaftshilfe» gewann eine Auszeichnung.

Der Ansatz war, die Nachbarn zweier Strassenzüge meines Wohnorts für gemeinschaftliche, solidarische Aktivitäten zusammenzubringen. Mein Fokus lag auf der Zusammenführung von Familien mit Kindern, Alleinerziehenden und SeniorInnen verschiedenen Alters. Ich führte eine Informationsveranstaltung im Quartier durch. Dazu stellte mir die Kirchgemeinde gratis einen Veranstaltungsraum zur Verfügung. Ich organisierte einen Apéro, um das Ambiente etwas aufzulockern. Ich dachte: Mit einer kulinarischen Freude für die Gäste, kann man nichts falsch machen.

Es kamen dreissig sehr unterschiedliche Personen. Das zeigte mir ein breites Interesse quer durch alle Bevölkerungsschichten.

Ich erklärte die Folgen der demografischen Entwicklung und die damit verbundenen gesellschaftspolitischen Veränderungen und fuhr fort, indem ich betonte: «Immer mehr

Menschen, insbesondere Frauen, leben allein; Einsamkeit und Stress sind die Folge. Durch mein solidarisches Projekt möchte ich dieser Entwicklung entgegenwirken.» Zum Schluss fügte ich an: «Die Nähe der Wohnorte und eine gute Durchmischung der TeilnehmerInnen, bieten beste Voraussetzungen für das Gelingen eines regelmässigen nachbarschaftlichen Austauschs. Es wäre schön, wenn Sie dabei wären!» Damit wollte ich nochmals Schwung in die Sache bringen.

Anschliessend verteilte ich Anmeldebögen zur Teilnahme am Projekt. Interessierten bot ich an, unter meiner Anleitung an einem Gruppenbildungsprozess teilzunehmen. Ich versprach den Teilnehmenden, sie auf dem Weg zu einer lebendigen, durchmischten Gemeinschaft die sich gegenseitig unterstützt, zu begleiten.

Von den Anwesenden an der Informationsveranstaltung meldeten sich sieben Personen an. Das enttäuschte mich ein wenig, da ich mir eine grössere Gruppe gewünscht hätte.

Ohne mich davon entmutigen zu lassen, lud ich die sieben angemeldeten Personen zur ersten Gruppensitzung ein. Zu Beginn ging es darum, Ihre Wünsche zu klären und eine gemeinsame, verbindende Kultur im Umgang miteinander zu finden. Wir führten ein Brainstorming durch, schrieben Flip-Chart-Blätter voll und kamen den Vorstellungen der Anwesenden immer näher. Es war spannend zu erfahren, was bei jedem Einzelnen hinter dem Interesse am Projekt steckt. Vielen gefiel die Idee, direkt in ihrer Nachbarschaft Kontakte zu knüpfen; sie waren einfach neugierig und offen für neue

Bekanntschaften. Wir suchten zusammen nach einer Vorgehensweise, die allen Beteiligten entsprach. Die Mitglieder sollten die Strukturen ihres Netzwerks selbst definieren. Die Besprechungen waren durchaus konstruktiv, allerdings zeigten sich erste Schwierigkeiten in der Umsetzung. Es fehlte der Mehrheit an Zeitressourcen und Flexibilität, sich regelmässig und zuverlässig zu engagieren.

Schliesslich fand die Gruppe mithilfe meiner Moderation doch noch einen Konsens für die Ausgestaltung ihres Konzepts.

Die Teilnehmenden entschieden sich in Zweiergruppen mehrmals wöchentlich zusammenzukommen. Das war eher klassisch und entsprach nicht ganz meinen ursprünglichen Vorstellungen von ergänzenden, vernetzten Kontakten und Hilfestellungen untereinander.

Aufgrund der kleinen Gruppengrösse gelang es auch nicht alle Wünsche zu erfüllen. In Bezug auf die Unterstützung in der Kinderbetreuung wäre durch die Berufstätigkeit der alleinerziehenden Eltern aufseiten der Pensionierten sehr viel Anpassung an die jüngere Generation notwendig gewesen. Diese konnte und wollte niemand der Beteiligten aufbringen. Eine Person hatte ganz andere Vorstellungen und schied aus. Nach sechs Sitzungen übergab ich den Mitgliedern die Verantwortung, sie konnten sich jetzt selbstständig organisieren.

Ein halbes Jahr später trafen wir uns erneut, um auszuwerten, ob die erarbeiteten Ziele erreicht worden waren. Diese Zusammenkunft war schwierig. Unter den Mitgliedern hatte sich nur zwischen zwei Personen eine Freundschaft entwickelt: Eine pensionierte, alleinstehende Rollstuhlfahrerin und eine junge, aufgeschlossene Sozialarbeiterin trafen sich weiterhin einmal wöchentlich. Alle anderen Teilnehmenden hatten ihre Beteiligung aufgegeben - der Alltagsstress habe die Pflege der Kontakte und die Terminfindungen erschwert.

Schweren Herzens musste ich mir das Scheitern des Projekts eingestehen. Selbstkritisch erkannte ich, dass mit einer grösseren Gruppe an Interessierten zu Beginn des Projekts der Prozess viel dynamischer und chancenreicher gewesen wäre. Dazu hätte ich die BewohnerInnen von mindestens zwei zusätzlichen Strassenzügen zur Informationsveranstaltung einladen müssen.

Doch selbst mit den besten Voraussetzungen ist der Erfolg eines sozialen Engagements nicht gesichert. Letztlich entscheiden etwas Glück und die Offenheit der Beteiligten darüber, ob Menschen aus unterschiedlichen Milieus ein toleranter, respektvoller Umgang miteinander gelingt; diese Erkenntnis nahm ich für mich mit.

Der Transfer von Nachhaltigkeit aus der Theorie in die Praxis schien generell schwieriger zu sein als gedacht. In der Realität stiess ich an allen Ecken und Enden auf Hindernisse und Blockaden. Die bestehenden Strukturen liessen keine Innovationen zu. Ich befand mich in einem Dilemma: Gerne hätte ich meine Zukunft diesem Thema gewidmet, doch ich fand keinen geeigneten Rahmen dafür. Es blieb mir vorerst leider nichts anderes übrig, als mich den Gegebenheiten anzupassen.

Zurück zu den Wurzeln

Qualität im Pflegeheim

Nachdem ich erlebt hatte, wie schwierig bis unmöglich es ist, im Bereich der Nachhaltigkeit einen Arbeitsplatz zu finden, bewarb ich mich wieder auf klassische pflegerische Stellen. Es dauerte nicht lange, bis ich als pflegerische Qualitätsbeauftragte in einem Pflegeheim engagiert wurde. Der Arbeitsweg kostete mich fast eine Stunde, doch das nahm ich gerne in Kauf. Es schien mir eine interessante Aufgabe, mit einer grossen gestalterischen Freiheit zu sein.

Ich wurde von den MitarbeiterInnenteams in meiner Rolle und Funktion sehr gut aufgenommen. Wir tauschten uns wöchentlich aus und besprachen untereinander, welche qualitativen Verbesserungen im Alltag als Nächstes umgesetzt werden. Mein nachhaltiger Ansatz, die partizipative Mitgestaltung der Angestellten in den Prozessen, die sie betrafen, fand grossen Zuspruch bei den Beteiligten.

Im Heim wurde zu diesem Zeitpunkt die neue elektronische Patientendokumentation eingeführt. Die internen Schulungen dazu habe ich übernommen. Zudem war ich zuständig für die Anmeldungen neuer BewohnerInnen. Die Angehörigen und Institutionen, die einen Pflegeheimplatz suchten, meldeten sich bei mir. Ich klärte ab, worum es ging und ob wir ein freies Zimmer respektive Bett zur Verfügung stellen konnten. In den Gesprächen liess ich mein Erfahrungswissen einfliessen.

Manchmal half ich in der Pflege aus und erlebte selbst, womit die Mitarbeitenden tagtäglich zu kämpfen hatten. Mein Einsatz wurde von den KollegInnen sehr geschätzt und schuf ein Zusammengehörigkeitsgefühl; ich wurde eine von ihnen. Mir bot es die Gelegenheit, den Pflegenden an der Basis mein Verständnis für ihre Sorgen und Nöte zu zeigen.

Die Pflegeteams hatten zahlreiche schwer pflegebedürftige und demente BewohnerInnen zu betreuen. Ihr Alltag war nicht einfach - ohne Pause folgte eine Herausforderung der nächsten. Die körperlichen, geistigen und psychischen Belastungen waren enorm hoch.

Stark bewegungseingeschränkte PatientInnen wurden beispielsweise mit einem fahrbaren Personenlift vom Bett in den Rollstuhl, auf die Toilette oder in die Badewanne gehoben. Die Betroffenen hatte man mündlich vorher informiert und falls nötig beruhigt. Dann legten meine KollegInnen der zu transferierenden Person die Gurten im Bett um den Körper, bedienten anschliessend den Lift, um am Zielort die Person sanft abzusetzen und sie loszubinden. Die Aufgabe erforderte viel Muskelkraft und Geschick der Mitarbeitenden.

Andere BewohnerInnen benötigten Hilfe während der Mahlzeiten. Sie erhielten das Essen von einem Teammitglied geduldig löffel- oder gabelweise eingegeben. Die Menge auf dem Besteck musste genau richtig sein, nicht zu viel und nicht zu wenig. Die korrekte Bewegung zum und in den Mund war eine Kunst für sich, fast so wie das Spielen eines Instruments. Denn passte ein kleines Detail nicht, verloren die PatientInnen die Lust am Essen oder verschluckten sich schnell; das galt es unbedingt zu vermeiden.

Meine MitstreiterInnen waren aus Zeitknappheit oftmals gezwungen, mehrere Dinge gleichzeitig zu erledigen. Dadurch wurden BewohnerInnen allein gelassen, obwohl ihre Sicherheit nicht vollständig gewährleistet war. Ich erlebte Situationen, die mich bestürzten: Einmal fiel eine Patientin beinahe aus dem Bett, weil die Pflegende während der Körperpflege bei dieser Person unterbrochen wurde und vergass, die Bettgitter zu montieren. Vor lauter Stress übersah eine andere Kollegin, dass ihre Patientin die Glocke nicht erreichen konnte, um zu läuten. Sie liess sie lange allein im Lehnstuhl sitzen. Die Frau konnte nicht selbstständig aufstehen. Ich hörte beim Vorbeigehen auf dem Flur ein Rufen, und als ich zu der Bewohnerin kam, war sie bereits ganz verunsichert und verstört.

Ein fröhlicher, leicht dementer Mann, der mich an einem heissen Sommermorgen freudig begrüsst hatte, erschien mir mittags stark verwirrt. Er hatte zu wenig getrunken und war dehydriert. Sein Gehirn schien nicht mehr gut durchblutet zu sein, weil er zu wenig Flüssigkeit zu sich genommen hatte. Die Pflegenden hätten ihn im Normalfall ermuntert, regelmässig zu trinken, dann wäre es gar nicht so weit gekommen. Offenbar ging das an besagtem Tag unter. Diese kritischen Momente grenzten an Vernachlässigung.

Es erschütterte mich, dass solche Vorkommnisse unter den Teppich gekehrt wurden; eine offene Fehlerkultur fehlte, alle «wurstelten» sich irgendwie durch. Transparenz hätte jedoch ein vertrauensvolles Verhältnis zwischen Angestellten und Vorgesetzten vorausgesetzt.

Die Teams meisterten ihren anstrengenden Alltag trotz der Widrigkeiten einigermassen gut. Sie versuchten ständig, das Schlimmste zu vermeiden – das gelang ihnen offenbar auch, denn sonst hätte es viel mehr Stürze oder Unfälle gegeben. Dank dieses unermüdlichen Einsatzes blieb es verhältnismässig ruhig auf den Stationen. Die versteckten Probleme konnte niemand von extern sehen, denn es war vordergründig ja alles in Ordnung.

Die meisten Pflegenden klagen ihrem Wesen nach generell nicht viel. Sie richten ihre Aufmerksamkeit auf die Bedürfnisse der Betroffenen und versuchen, innerhalb ihrer Möglichkeiten das Beste zu tun. Umso wichtiger war mir, in meiner Funktion zur Verbesserung der Arbeitsbedingungen des Personals beizutragen. Das würde auch den BewohnerInnen zugutekommen, davon war ich überzeugt. Doch es kam anders.

Ein Jahr nach meinem Stellenantritt wurde eine neue Heimleiterin eingestellt. Ihre oberste Devise lautete, zusätzliche Kosten einzusparen. Der Druck wurde noch grösser und eine angespannte Stimmung breitete sich im ganzen Haus aus.

Mein direkter Vorgesetzter, der Pflegedienstleiter, befand sich in einer Zwickmühle: Es lag an ihm, die Sparmassnahmen umzusetzen, was auf Protest stiess. Mir schien, als gäbe er seinen Frust einfach weiter. So kritisierte er mich plötzlich ungerechtfertigt. Zudem waren die Arbeitsaufträge, die er verteilte, übertrieben gross und ihre Umsetzung innerhalb des gesetzten Zeitrahmens unrealistisch. Rückblickend würde ich sein Verhalten als Mobbing bezeichnen.

Zwei Monate später teilte mir die Heimleiterin in einem Gespräch unter vier Augen mit, dass sie meine Stabsstelle für das Heim zu teuer finde. Das stiess mich völlig vor den Kopf. Ich wusste nicht, wie ich reagieren sollte, denn schliesslich hatte mich das Pflegeheim zu diesen Bedingungen eingestellt. Mein Lohn entsprach meinem Ausbildungsniveau und meiner Funktion. Sprachlos verliess ich das Büro. Ich war nun ebenfalls gestresst.

Innerhalb der Pflegeteams gab es auffällig hohe Fluktuationen. Die Unruhe und die Gerüchte nahmen von Tag zu Tag zu. Sogar in der Dorfzeitschrift wurden die Probleme im Heim thematisiert.

Es dauerte nicht lange, bis ich ein Kündigungsschreiben mit einer fadenscheinigen Begründung erhielt. Enttäuscht und ziemlich desillusioniert verliess ich den Betrieb. Es war offensichtlich: Mein Stellenverlust konnte nur mit dem Spardruck zu tun haben und nicht mit der Qualität meiner Arbeit. Ein Kampf um meine Rechte vor dem Arbeitsgericht hätte mich zu viele Nerven gekostet. Ich verzichtete darauf, obwohl ich vermutlich gute Chancen gehabt hätte, zu gewinnen; ich hatte einiges an Beweismaterial vorzuweisen.

Ich entschied mich, ein halbes Jahr unbezahlten Urlaub zu nehmen. Diese Zeit nutzte ich, um mich dem Garten eines Reihenhauses zu widmen, das wir damals bewohnten. Das tat meiner Seele gut und ich sammelte wieder neue Kraft. Ich spürte meine tiefe Naturverbundenheit und bekam Freude am Gemüse- und Obstanbau. Wir konnten in diesem Sommer kiloweise Himbeeren, Gurken und Zucchetti ernten.

Während dieser unbeschwerten Monate scrollte ich mich sporadisch durch die unzähligen pflegerischen Stelleninserate im Internet. Eines Morgens entdeckte ich eine Anzeige, in der eine Alterssiedlungs-Co-Leiterin zu 50-Prozent gesucht wurde. Das schien mir eine optimale Gelegenheit, eine Führungsaufgabe in einem reduzierten Teilpensum auszuüben. Gleichzeitig plante ich, an den Wochenenden ein Pflegekind zu betreuen.

Sandwich-Position

Das Vorstellungsgespräch verlief reibungslos. Die Stelle der Alterssiedlungsleitung wurde mir gemeinsam mit einer Kollegin im Teilzeitpensum zugesagt. Ich entschied mich, die Herausforderung anzunehmen. Die Wohnsiedlung war organisatorisch einem Pflegeheim angegliedert. Die BewohnerInnen hatten die Möglichkeit, bei zunehmender Pflegebedürftigkeit unkompliziert ins Pflegeheim umzuziehen. Dieses Konzept ist interessant, denn auf diese Art gestaltet sich der Wechsel auf eine Pflegestation für alle Beteiligten einfacher.

Die Betagten in der Alterssiedlung erhielten von meinem Team pflegerische Unterstützung, analog einer Spitex-Organisation. Meine Kollegin und ich trugen die Verantwortung für zehn Mitarbeitende. Alle Teammitglieder waren im Teilzeitpensum angestellt. Wir deckten den Früh- und Spätdienst ab; eine Nachtwache gab es nicht. Viele BewohnerInnen verfügten über einen Alarmknopf. Damit konnten sie nachts Hilfe vom Nachtwachepersonal des Pflegeheims anfordern. Die Aktivierungsangebote und die Einnahmen aller drei Mahlzeiten in der Cafeteria, zu vergünstigten Preisen, stand allen BewohnerInnen offen.

Zu bestimmten Sprechstundenzeiten, war mindestens jemand vom Pflegeteam im zehn Quadratmeter kleinen Siedlungsbüro präsent und stand für Fragen und Anliegen zur Verfügung. Früh morgens halfen wir den Hilfsbedürftigen beim Aufstehen und bei der Körperpflege. Wir begleiteten sie zum Frühstück, hatten ein Auge darauf, dass die Mahlzeiten eingenommen respektive vertragen wurden, und verteilten gleichzeitig individuelle Medikamente. Bei Appetitlosigkeit oder Unverträglichkeiten sprachen wir mit den Betroffenen und mit der Küche und fanden meistens eine Lösung. Dasselbe Prozedere wiederholte sich am Mittag und am Abend. Ansonsten kümmerten wir uns auf Rundgängen mehrmals täglich um die Pflege und Betreuung in den Wohnungen. Das Haus umfasste fünf Stockwerke und die Wohnungen waren über Laubengänge miteinander verbunden. Da der Lift meist besetzt war, sprangen wir Pflegenden wie flinke Wiesel die Treppen hoch und runter.

Auch hier gehörte das «Multitasking» zum Alltag. Häufig wurden wir beim Richten der Medikamente vom Telefon unterbrochen oder vom Klopfen an der Bürotür. In diesen Situationen Probleme richtig wahrzunehmen, aktiv zuzuhören und je nach Dringlichkeiten zu entscheiden und zu handeln, erforderte einen besonders wachen Geist; die Konzentration durfte nicht nachlassen. Die pflegerischen Dienstleistungen mussten korrekt ausgeführt werden und die Wünsche der BewohnerInnen, der Angehörigen, der KollegInnen und der Vorgesetzten nicht vergessen gehen – unmöglich, es immer allen recht zu machen. Planungssicherheit gab es nicht, alles konnte sich jederzeit ändern.

Die langjährige Berufserfahrung half dabei ungemein, denn wenn mich beispielsweise eine Bewohnerin in einer konzentrierten Tätigkeit störte, bloss um zu fragen, was es an diesem Tag zu essen gebe, empfand ich keine Spur von Unmut, sondern amüsierte mich an der Situationskomik. Es erfüllte mich mit Zufriedenheit, das Beste aus jedem Tag herauszuholen, zu spüren, welch grosse Unterstützung ich sein konnte für Menschen, die auf Hilfe angewiesen sind.

Meine Stellenpartnerin, die schon vor meinem Stellenantritt im Betrieb gearbeitet hatte, kündigte kurz nach meinem ersten Arbeitstag; ich erfuhr nichts Konkretes zu den Gründen. So stand ich plötzlich vor der Entscheidung, die Leitung allein zu übernehmen oder ebenfalls zu gehen, denn die Heimleitung lehnte es ab, jemand Neues einzustellen, der mit mir die Führungsposition im Jobsharing teilen würde.

Ich fühlte mich hintergangen. Warum hatte man meine Wünsche nicht einbezogen? Die Arbeit gefiel mir und ich wollte bleiben - andererseits würde ich unter den neuen Umständen die Doppelbelastung mit Pflegekind und Beruf nicht bewältigen können, das war mir klar. Zähneknirschend entschied ich mich trotz allem, die Alterssiedlung in einem 70-Prozent-

Pensum allein zu führen. Eine Teamkollegin übernahm die Stellvertretung.

Mir war es ein grosses Anliegen, das Modell der partizipativen Mitwirkung auch in dieser Funktion einzusetzen. Voller Elan präsentierte ich dem Team den neuen Ansatz und liess es fortan mitentscheiden. Die KollegInnen fühlten sich dadurch gehört und in ihrer Kompetenz ernst genommen. Sie hatten alle immer wieder gute Ideen, die ich gerne nutzte, um gemeinsam die pflegerische Qualität zu verbessern; das schaffte einen engeren Zusammenhalt. Die Wertschätzung, die die Mitarbeitenden dank diesem Führungsstil spürten, liess sie bessere Leistungen erbringen. Die Zusammenarbeit war konstruktiv und wohlwollend auf allen Seiten.

Gewisse Arbeitsabläufe in meinem Bereich strukturierte ich neu und vereinfachte sie. Die Arbeitspläne schrieb ich anhand eines dafür konzipierten Computerprogramms jeden Monat neu - eine Art Sudoku für Fortgeschrittene. Die Mitarbeitenden konnten ihre Wunsch-Freitage im Vorfeld eingeben. Nachdem ich den Plan erstellt hatte, durften sie nach wie vor, in Absprache mit mir, ihre Dienste uneingeschränkt tauschen, ich zeigte mich diesbezüglich flexibel. Solche Kleinigkeiten zahlten sich in einer gesteigerten Arbeitszufriedenheit und einer freundschaftlichen Arbeitsatmosphäre innerhalb der Gruppe aus.

Die Weiterbildungen wurden gemeinsam mit den Teams des Pflegeheims besucht; die Dozierenden erhielten von der Heimleitung eine Einladung, ihre Veranstaltung im grossen

Weiterbildungssaal hausintern durchzuführen. Uns bot dies die Gelegenheit, andere die MitarbeiterInnen der Pflegestationen besser kennenzulernen.

Ein Personalfest gab es nicht, hingegen ein Essen für alle Spender- und UnterstützerInnen der Institution: Das Leitungsteam servierte das viergängige Abendessen für GönnerInnen des Heims, das bis um Mitternacht dauerte. Aus meiner Sicht war dies eine etwas theatralische Angelegenheit mit Ansprachen und gegenseitigem Lobgesang. Zudem fühlte ich mich in der Rolle als Serviceangestellte nicht besonders wohl und sehnte das Ende des Abends so schnell wie möglich herbei.

Jeden Sommer wurde ein BewohnerInnen-Ausflug geplant. Ich organisierte diesen im Vorfeld, schrieb eine Einladung und nahm die Anmeldungen entgegen. Die Teilnahme stiess auf grosses Interesse, da eine Abwechslung immer willkommen war.

In diesem Jahr fuhren wir an den Bielersee. Wir wurden mit einem Bus abgeholt, den ich für den ganzen Tag gebucht hatte. Ein strahlend blauer Himmel und viel Sonnenschein, erwartete uns. Nach einer Fahrt von eineinhalb Stunden kamen wir am Seeufer an und stiegen auf ein Personenschiff um. Der Einstieg über eine wackelige Rampe ins Schiff stellte für die Teilnehmenden mit einer leichten Gehbehinderung eine heikle Angelegenheit dar. Stürze und Verletzungen musste unbedingt vermieden werden. Eine Kollegin und ich begleiteten alle einzeln bis an ihren Sitzplatz im Restaurant.

Eine Bewohnerin, die unter einer Demenz litt, musste ich stets im Auge behalten. Ich half ihr nach dem Toilettengang beim Herrichten der Kleider, sie wäre sonst nur halb angezogen durchs Restaurant spaziert. Andere wollten die Gelegenheit nutzen und sich ausgiebig mit mir unterhalten.

Die Seerundfahrt mit Mittagessen war der Höhepunkt des Tages. Die Uferzone der St. Petersinsel ist geschützt, wir konnten die Wasservögel im Schilf während der Fahrt beobachten und die friedliche Stimmung geniessen.

Das Mittagessen ein Teller mit Zürcher-Geschnetzeltem, an Rahm-Champignonsauce und Rösti mundete allen. Danach bekam ich dank eines Kaffees wieder Kraft. Der Koffeinschub war nötig, denn wir BegleiterInnen hatten den ganzen Tag kaum eine freie Minute für uns. Die glücklichen Gesichter der TeilnehmerInnen, während sie die Aussichten auf dem See genossen, liessen mich die Erschöpfung jedoch schnell vergessen.

Nach der Rückfahrt im Bus wieder im Pflegeheim angekommen, war ich erleichtert: Alles
hatte ohne Zwischenfälle wie geplant funktioniert und ich bekam ausschliesslich positive Rückmeldungen. Diese Ausfahrt war zweifellos ein Highlight in diesem Jahr.

Meine Arbeitsbelastung als Leiterin würde ich als hoch bezeichnen; ich leistete viel Überzeit. Das war nicht verwunderlich, da ich in einem 70-Porzent-Pensum eine 100-Prozent-Stelle ausfüllte. Gleichzeitig gab es viele Wechsel unter der Bewohnerschaft, was mit Zusatzaufwand verbunden war. In der Pflege konnten wir die Arbeit nicht auf den nächsten Tag verschieben. Die Bedürfnisse der PatientInnen mussten meistens sofort erfüllt werden - ein grosser Unterschied zu einem Bürojob. Deshalb fiel es mir nicht leicht, die Überzeit zu kompensieren. Im Gespräch mit der Heimleitung sprach ich die unbefriedigende Situation an. Ich wünschte mir eine Aufstockung der Stellenprozente für das Alterssiedlungsteam, dann hätte ich gewisse Aufgaben delegieren können. Doch das Budget erlaubte es nicht.

Stattdessen wurde das Qualitätssicherungsprogramm RAI-Homecare eingeführt, ein Beurteilungsbogen, der den Pflegeaufwand der Betroffenen akribisch genau festhält. Wir Pflegefachpersonen waren verpflichtet, diesen Fragebogen im Gespräch mit den BewohnerInnen halbjährlich auszufüllen. Dank dieser Datenerhebung konnte anschliessend eruiert werden, welcher Pflegestufe die Betroffenen angehören. Jede Stufe umfasste einen anderen Krankenkassentarif. Aufgrund unserer Beurteilung fielen am Monatsende die Pflegekosten der PatientInnen entsprechend unterschiedlich hoch aus.

Im Fragebogen mussten wir unter anderem die kommunikativen und kognitiven Fähigkeiten der Person einschätzen. Der Aufwand an Behandlungs- und Grundpflege, die Beschäftigungsmuster, sogar die Stimmung und das psychosoziale Wohlbefinden der PatientInnen wurden beurteilt. Ein Bogen umfasste fast dreihundert Fragen - das war schlimmer als das Ausfüllen der schweizerischen Steuererklärung. Auf der letzten Seite wurde eine Einschätzung durch uns zum gesundheitlichen Gesamtzustand der BewohnerInnen verlangt. Was hätte man da zusammengefasst in zwei, drei Sätzen Passendes schreiben können, das der/dem Betroffenen, auch wirklich entsprochen hätte?

Wir hatten maximal eineinhalb Stunden Zeit, um den ganzen Bogen auszufüllen – eine Mammutaufgabe, deren Nutzen mir sehr fraglich erschien, zumal die Beurteilung mehrheitlich subjektiv ausfiel.

Solche Dilemmata lösten einen Unmut bei mir aus, der sich auch negativ auf meine Arbeitsmotivation auswirkte. Ich begann allmählich immer stärker nur noch zu funktionieren, anstatt zu agieren. Neue kreative Ideenimpulse blieben aus.

Nachdem ça ein Jahr an dieser Stelle gearbeitet hatte, gab es innerhalb des Pflegeheims strukturelle Veränderungen. Die Heimleitung teilte uns mit, dass die Alterssiedlung ihre Unabhängigkeit verlieren und organisatorisch in die Struktur des Pflegeheims integriert werden würde. Unser Team wäre dann flexibel auf mehreren Abteilungen eingesetzt worden, was eine Effizienzsteigerung ermöglicht hätte. Aus ökonomischer Sicht betrachtet, war das ein cleverer Schachzug, das musste ich zugeben. Der familiäre Charakter der Alterssiedlung wäre dadurch jedoch verloren gegangen - ein unbezahlbarer Verlust.

Die organisatorischen Veränderungen hätten auch für mich einen grossen Mehraufwand bedeutet, dies, nachdem ich bereits jetzt ständig überlastet und unfreiwillig in diese Lage geraten war. Man ging einfach davon aus ich würde das mitmachen, ohne mit den Augen zu zwinkern. In der Funktion der Abteilungsleiterin befand ich mich in einer hierarchischen

Sandwich-Position: Ich war sozusagen das geschmacklose Salatblatt, auf das man auch gerne verzichtet. In dieser Position konnte ich kaum Einfluss nehmen auf die Strukturen des Unternehmens, es war, als ob meine Meinung «einen Käse» wert sei. Meine gegenüber der Pflegedienstleitung geäusserten Ideen, verpufften in der Luft wie die Kohlensäure des Süssgetränks, das sie mittags, manchmal in Kombination mit einem Sandwich, genüsslich konsumierte.

Sarkasmus beiseite: Ich musste mich fügen, diese Erfahrung hatte ich ja bereits gemacht. Deshalb war mein Entschluss, zu gehen, schnell gefasst. Endlich hatte ich gelernt, mich selbst und meine Bedürfnisse ernst zu nehmen. Das war der positive Nebeneffekt der bisherigen Enttäuschungen, die meine 40-jährige Lebenserfahrung zwangsweise mit sich brachte. Es fühlte sich an wie ein Befreiungsschlag.

Natürlich bedauerte ich, meine MitarbeiterInnen im Team zurückzulassen, mit denen ich so gerne zusammengearbeitet hatte. Es war, als ob ich sie auf einem sinkenden Schiff im Stich lassen würde. Das war alles andere als eine Meisterleistung, doch was blieb mir anderes übrig? So lauteten nun mal die Spielregeln.

Meine Abteilung traf sich an einem warmen Sommerabend zu einem gemeinsamen Abschiedsessen in einem Gartenrestaurant. Wir konnten auf der Terrasse unter den Kastanienbäumen sitzen. Ein schöner Abschluss mit italienischem Essen, einem unerwarteten Abschiedsgeschenk für mich, selbst gebackenem, mitgebrachtem Kuchen einer Kollegin und jeder Menge Anekdoten aus unserem Arbeitsalltag.

Was jetzt?

Wie sollte es nun weitergehen? Was würde mich glücklich machen? Ging es überhaupt um mein eigenes Glück oder um etwas anderes? War ich bereit, mich wieder in ein neues Abhängigkeitsverhältnis zu stürzen?

Glück gibt es nicht im Paket und für immer und ewig, sondern nur in einzelnen, meist unspektakulären, unerwarteten Momenten. Es ging eher um das Erreichen ursprünglicher Ziele, die zu meiner Berufswahl geführt hatten: einer zufriedenstellenden, sinnerfüllten Beschäftigung nachgehen zu dürfen. Die Antwort auf meine Frage lautete also: Nein. Ich hatte genug davon, in einer Institution mit starren, hierarchischen Strukturen und permanentem Zeitdruck zu arbeiten - das war das Gegenteil von sinnstiftend.

Mir fehlte eindeutig die Bereitschaft, mich weiterhin in das krankmachende System einzufügen. Selbst ein noch so verlockendes finanzielles Angebot, mit Schlaufe drum und charmant überbracht, hätte mich nicht überzeugt, in den Dschungel der Regeln und Konventionen zurückzukehren. Denn in jeder Institution des Gesundheitswesens würde ich ähnlichen Bedingungen begegnen, davon war ich inzwischen überzeugt.

Die eigene Gesundheit war mir wichtiger als Status, gute Karrierechancen und Anerkennung.

Schon seit Längerem hatte ich mit dem Gedanken gespielt, mich in irgendeiner Form selbstständig zu machen. Nun schien der Zeitpunkt dafür reif zu sein: Ich wollte meine eigene fleissige, treue Mitarbeiterin werden und bei Bedarf selbst Opposition gegen überhastete Entscheide ergreifen.

Das hiess, nicht alle Prinzipien über Bord zu werfen und mein eigenes Süppchen zu kochen, sondern die sinnvollen Aspekte meines Fachwissens nach wie vor im Alltag zu integrieren, ja sie sogar auszubauen und zu verbessern. Die in meinen Augen unnötigen Zwänge der übermässigen Administration, der Einhaltung erzwungener Qualitätsstandards auf Kosten echter, praktizierter Qualität hoffte ich hingegen umgehen zu können - Ein frommer Wunsch, gedacht in einem Zustand euphorischer Vorfreude im Hinblick auf die neue Aufgabe, der sich schnell in Luft auflösen würde.

Am liebsten hätte ich Wohngruppen-Projekte entwickelt, entsprechend meinen Ideen aus der Master-Thesis. Ich bewarb mich daher 2015 für den fmc-Förderpreis des schweizerischen Forums für integrierte Versorgung mit dem Projekt «Pflege-Management in einer solidarischen Alters-Wohngemeinschaft». Den Gewinnern des Förderpreises wurde eine finanzielle Unterstützung für ihre Innovation versprochen.

Die von mir entwickelte neuartige alternative Wohnform schützt einerseits vor Einsamkeit und nutzt andererseits das Potenzial der gesunden Mitbewohnenden. Die Wohngemeinschaft besteht jeweils zur Hälfte aus jüngeren, rüstigen und aus älteren, gesundheitlich oder psychisch beeinträchtigten Mitgliedern. Die Jüngeren müssen die Bereitschaft mitbringen, die ältere Generation zu unterstützen. Nach einigen Jahren ändert sich das Verhältnis und die vormals rüstigen SeniorInnen, bekommen dann Support von frisch zugezogenen jungen MitbewohnerInnen.

Auf diese Weise profitieren langfristig alle von der gegenseitigen Hilfe, nicht aus Pflichtgefühl und auch nicht aus moralischem Anspruch, sondern einfach, weil es die beste Lösung für alle ist.

Das Konzept sieht vor, dass vier bis fünf SeniorInnen in einer Wohngruppe zusammenleben. Die Beteiligten mieten eine grosse, behindertengerechte Wohnung mit Lift und mit mindestens zwei Badezimmern. Eine Wohnküche oder ein separates Zimmer dienen als Ort der Begegnung. Rechtliche Angelegenheiten werden vertraglich geregelt, zum Beispiel mit einem Genossenschaftsvertrag. Der Umgang untereinander wird von den Beteiligten im Konsens- und Kompromissverfahren ausgehandelt.

Ich bezog mich im Projektbeschrieb auf bestehende solidarische Wohnprojekte in den Nachbarländern. In Deutschland und Österreich existiert bereits eine grosse Vielfalt an Gemeinschafts-Wohnformen, die auf ein durchwegs positives Echo in der Bevölkerung stossen. Es gab keinen Grund, warum dies nicht auch vermehrt in der Schweiz gut funktionieren könnte. Die Ampeln standen also auf grün.

Gemäss Konzept unterstützt eine diplomierte Pflegefachperson in der Gründungs- und Gruppenbildungsphase das Projekt. Ihre Aufgabe ist es, die BewohnerInnen in der Durchführung und Koordination pflegerischer Massnahmen anzuleiten und bei Bedarf zwischen anderen sozialen Dienstleistenden und den BewohnerInnen zu vermitteln. Die neutrale Beratungsfunktion, auch in Bezug auf die Konfliktlösung zwischen den Beteiligten, trägt zum Gelingen des Gruppenbildungsprozesses bei, setzt aber entsprechend kommunikative Mediationsfähigkeiten der Fachperson voraus.

Dank des geschulten Blicks und der Erfahrung der Pflegefachperson fallen gesundheitliche Probleme der BewohnerInnen frühzeitig auf und es wird rechtzeitig interveniert. Das pflegerisch-therapeutische Fachwissen aus der somatischen und psychiatrischen Pflege fliesst in den Alltag der Gruppe mit ein, die Mitglieder lernen ständig dazu. Langfristig entwickelt die Wohngemeinschaft dadurch ein effizientes Selbstmanagement. Dank des präventiven, gesundheitsfördernden Effekts kann der Betreuungsaufwand durch ambulante Dienste reduziert werden und die Kosten sinken.

Ich erwähnte auch Schwierigkeiten, die in der Umsetzung auftreten könnten – zum Beispiel die Folgende:

Da die Generation der Babyboomer, für die das Projekt konzipiert war, einen hohen Wohnkomfort kennt, ist es schwieriger, sie für ein Leben in einer Wohngemeinschaft zu begeistern. Sie müssen eine Reduktion der Wohnfläche und Einschränkungen der Privatsphäre in Kauf nehmen. Es scheint unsicher, ob die Kontinuität in der Altersstruktur gewährleistet werden kann, so wie es das Konzept vorsieht. Möglicherweise kommt es frühzeitig zu einem Wechsel der Bewohnerschaft und zu einer damit verbundenen unausgeglichenen Zusammensetzung der Gruppe.

Ich war trotzdem zuversichtlich, dass meine Idee auf Interesse stossen würde. Sie schien mir einen echten Bedarf in der Gesellschaft abzudecken. Diese Wohnform bot den Beteiligten die Chance, länger im gewohnten Umfeld verbleiben zu können, bevor sie in ein Pflegeheim eintreten müssten, und Teil einer Gemeinschaft zu sein, ähnlich einer Familie.

Doch leider gab es Projekte, die im Wettbewerb mehr überzeugten. Ich ging leer aus, das Preisgeld ging an jemand anderen.

Dieser Misserfolg und das Erreichen der Lebensmitte mit unklaren Zukunftsaussichten führten zu einer persönlichen Krise. In einer Gefühlslage wie während eines Sturms auf dem Bodensee bekam die Frage nach dem Lebenssinn eine neue Dimension und ich erkannte:

In diesem Lebensabschnitt ist vieles noch denkbar, aber nicht mehr alles möglich und die Weichen für die zweite Lebenshälfte werden gestellt. Ich wollte jetzt die richtigen Entscheidungen treffen. Der Spielraum, Dinge spontan auszuprobieren und damit ein Risiko einzugehen, wurde immer kleiner.

Meine Erfahrungen hatten mir schmerzhaft gezeigt, wie schwierig es in der heutigen Zeit ist, idealistische Ideen zu verwirklichen. Geknickt stellte ich fest, dass meine Wünsche und die Realität oft stark voneinander abwichen. Meine Ziele steckte ich tendenziell zu hoch. Die erforderlichen Rahmenbedingungen dazu fehlten, was unter diesen Umständen nicht verwunderte. Diese anzupassen, lag nicht in meiner alleinigen Macht - dazu müsste sich die Gesellschaft als Ganzes verändern. Diese Hürde hatte ich unterschätzt.

Mein ungebrochener Optimismus liess mich aber nach wie vor an die Begeisterungsfähigkeit der Mitmenschen für «das Gute» glauben. Doch das entsprach leider nicht immer den Tatsachen. – Mein Fazit fiel ungefähr so aus: Von mir angestossene Veränderungen im Kleinen sind zwar möglich und sinnvoll - denn steter Tropfen höhlt den Stein -, das grosse Ganze bleibt hingegen Sache der kollektiven Verantwortung. Ein langwieriger Prozess.

In diesem Zusammenhang stelle man sich doch einmal vor, wie viele Tropfen Wasser erforderlich sind einen Swimmingpool zu füllen, um darin schwimmen zu können.

Ich beschloss, nicht aufzugeben und meinen Weg zur Förderung von Nachhaltigkeit weiterzugehen, ganz im Sinne des Konzepts der «Dialektik der Aufklärung» von Theodor W. Adorno. Er schreibt: «Die Gesellschaft braucht eine neue zukunftsfähige Verantwortungs-Ethik, die die Grundstimmung der Du-Sorge beinhaltet. Liebe und Freude wird zum allgemeingültigen Grundsatz jeder Handlung. Vernunft darf nicht nur auf der Ebene des Verstands im Sinne von Wissen verstanden werden, sondern muss auch die Stimme des Gewissens miteinbeziehen.»

Ganz schön komplex und hochtrabend formuliert, nicht wahr? Aber genau dieser Ansatz deckte sich mit meinem Anspruch an Nachhaltigkeit - ein echter Fortschritt in der unendlichen Geschichte meiner Sinnfindung.

Diesmal nahm ich mir aber vor, die Grenzen des Machbaren frühzeitig zu erkennen und mich nur dort zu engagieren, wo Veränderungen tatsächlich möglich sind.

Das grösste Erfahrungswissen besass ich in ambulanter psychiatrischer Pflege. In dieser Tätigkeit konnte ich präventiv wirken; das war im weitesten Sinne auch eine Form von vernunftgeleiteter Handlung, wie sie Adorno beschreibt. Die Gesundheitsförderung bringt langfristigen Nutzen für die Betroffenen und ist somit äusserst nachhaltig.

Durch das beratende Element konnte ich pflegebedürftigen Menschen Zusammenhänge aufzeigen und sie vor Gefahren warnen. Danach stand ihnen frei, ihre Gesundheit zu schonen oder das gewohnte Verhalten beizubehalten. Ihre Autonomie und Selbstbestimmung blieben gewährleistet - ein Prozess, der in gewisser Weise der Dialektik der Aufklärung entspricht.

Plötzlich gingen mir die Augen auf:

Die Realisierung meiner übergeordneten Ziele wurde in der freiberuflichen ambulanten Pflege in mehrfacher Hinsicht möglich. Die Lösung lag vor meinen Füssen, doch ich sah sie erst jetzt.

Ich entschied ein Einzelunternehmen zu gründen. Um möglichen Stolperfallen zu entgehen, nahm ich eine Beratung bei einer selbstständig erwerbenden Berufskollegin vom Schweizer Berufsverband der Pflegefachfrauen und Pflegefachmänner SBK in Anspruch.

Es lohnte sich, alle Vor- und Nachteile genau gegeneinander abzuwägen und andere Meinungen einzuholen. Dadurch sah ich selbst klarer. In meiner Vorstellung begann ich bereits konkrete Pläne zu schmieden, wie ich im Einzelnen vorgehen würde. Die handschriftlichen Notizen belegten inzwischen jede freie Ablagefläche in meiner Wohnung, vom Clubtisch über das Pult zum Esstisch, und einige fand ich später sogar im Kellerregal neben den Konservendosen wieder. In meinen Träumen kletterte ich an einer Wand voller unleserlicher Checklisten Richtung Decke. Manchmal stand ich mitten in der Nacht auf, um eine gerade aus meinem Unterbewusstsein aufgetauchte Idee schriftlich festzuhalten.

Ich unterhielt mich mit meiner Familie und Freunden über meine Absichten und fand viel Bestätigung. Die Menschen, die mich am besten kannten, trauten mir dieses Unterfangen zu. Es schien die richtige Entscheidung zu sein.

Meine eigene Herrin und Meisterin

Einzelunternehmen oder doch GmbH?

Wieder als diplomierte Pflegefachfrau HF zu arbeiten, bedeutete materiellen Verzicht. Meinen Studienabschluss konnte ich nicht lohnrelevant nutzen. Wie bereits erwähnt, war das für mich jedoch zweitrangig.

Dennoch bedauere ich nach wie vor, dass innerhalb der auf ökonomischen Erfolg ausgerichteten bestehenden Strukturen altruistische Berufszweige wenig Wertschätzung erfahren. Die Entlöhnung in den sozialen Dienstleistungsberufen ist schlecht.

Die selbstständige Erwerbstätigkeit ist zudem mit einem hohen finanziellen Risiko verbunden. Ich musste auf eine Absicherung im Krankheitsfall verzichten - eine Krankentaggeldversicherung hätte sich finanziell nicht gelohnt. Die zweite Säule war ebenfalls hinfällig. Nebst der AHV musste ich die Altersvorsorge durch meinen Gewinn generieren.

Ich hatte insofern Glück, als für die Geschäftsgründung keine Investitionen notwendig waren und kaum fixe Kosten entstanden. Mein Büro konnte ich zu Hause einrichten, das fand ich grossartig. Ich hatte mir schon immer gewünscht, zwischen den administrativen Arbeiten als Abwechslung putzen und kochen zu können, wie und wann es mir gerade in den Tag passt.

Anhand eines detaillierten Budgets stellte ich die voraussichtlichen Einnahmen und Ausgaben einander gegenüber. Der zu erwartende bescheidene Verdienst reichte knapp, um meinen Lebensunterhalt und die Altersvorsorge zu decken.

Im Beobachter-Ratgeber las ich die Empfehlung, eine Berufshaftpflicht-Versicherung abzuschliessen und einen Businessplan zu erstellen. Eine passende Versicherung fand ich schnell. Die Erstellung eines Firmenkonzepts nahm wesentlich mehr Zeit in Anspruch, doch der Aufwand lohnte sich.

Schritt für Schritt ging ich die nächsten Punkte des Ratgebers durch. Eine Marktanalyse zu erstellen, wäre mir selbst nicht eingefallen. Diese bestätigte mir, den bereits erahnten, erhöhten Bedarf an ambulanter psychiatrischer Pflege für Betagte, die unter einer Demenz und/oder einer Depression leiden. Ich notierte im Businessplan die Fakten:

In der Schweiz leben um die 60'000 Menschen mit Demenz zu Hause; das sind 60 Prozent aller Betroffenen; die meisten von ihnen werden von ihren Angehörigen gepflegt.

Unter dem Begriff Demenz werden unterschiedliche Krankheitsbilder zusammengefasst. Die bekannteste Form ist die Alzheimer-Krankheit.

Menschen mit Demenz können ihre Sorgen und Ängste häufig nicht mehr gut ausdrücken. Aufgrund ihrer Gedächtnisschwierigkeiten verhalten sie sich unter Umständen für Aussenstehende seltsam. Die richtige Deutung dieses auffälligen Verhaltens ist unabdingbar, um gezielt Hilfe leisten zu können.

Ich hatte viel Erfahrung mit herausforderndem Verhalten. Das passte also sehr gut zu dem offensichtlichen Bedarf.

Ausserdem tritt bei Menschen mit einer Demenz oft zusätzlich eine Depression auf. In einer früheren Phase der Krankheit realisieren die Betroffenen ihre Defizite noch - das macht sie traurig und führt nicht selten zu dieser Zweitdiagnose. Die Differenzierung zwischen einer Depression und einer beginnenden Demenz ist schwierig. Die genaue Diagnosestellung obliegt den ärztlichen und psychologischen Fachpersonen. Dank meiner langjährigen Tätigkeit im Ambulanten Dienst Alterspsychiatrie konnte ich die Symptome ebenfalls unterscheiden, was sehr nützlich war für die selbstständige Erwerbstätigkeit.

Einer meiner Arbeitsschwerpunkte würde nebst der Betreuung der kranken Person die Beratung und Entlastung pflegender Angehöriger sein, ebenso die Zusammenarbeit mit FachärztInnen, zum Wohl der Betroffenen.

Nachdem die Grundpfeiler der Firma gesteckt waren, begann der Behörden-Postenlauf.

Ich beantragte eine Berufsausübungsbewilligung beim Gesundheitsdepartement der Gemeinde. Dazu musste ich mein Diplom, ein Konzept, Arbeitsblätter usw. einreichen.

Damit mir erlaubt wird unter den Tarifen der Psychiatriepflege abrechnen zu dürfen, stellte ich ein Gesuch an den Schweizer Berufsverband der Pflegefachfrauen und Pflegefachmänner SBK, der mir eine Bestätigung zur Befähigung von Bedarfsabklärungen in der Psychiatriepflege ausstellte. Ich erfüllte die Bedingungen und hatte genügend Berufserfahrung, die ich vorweisen konnte.

Um die Krankenkassenanerkennung zu erhalten, musste ich nochmals ein dickes Couvert verschicken. Danach erhielt ich eine ZSR.-Nr. des Zahlenstellenregisters, SASIS AG, die mich berechtigt, meine Leistungen direkt der Krankenversicherung der PatientInnen in Rechnung zu stellen. – Dies da zwischen den Versicherungsgesellschaften und dem Berufsverband SBK Tarifverträge ausgehandelt wurden.

Ich forderte eine GLN-Nummer (Global Location Number) an und erhielt eine Unternehmens-Identifikationsnummer vom Bundesamt für Statistik. Zuletzt registrierte ich mich bei der AHV als selbständig Erwerbende. Ein Eintrag ins Handelsregister war nicht nötig.

Ein halbes Matterhorn fiel mir vom Herzen, als ich endlich alle Papiere in den Händen hielt.

Im Ratgeber fand ich zudem Tipps zur Werbestrategie und vieles mehr. Ich erstellte einige Grundlagenpapiere, überlegte mir ein Logo, liess Flyer und Visitenkarten von einem sozial engagierten Grafikunternehmen anfertigen und kreierte selbst eine Homepage.

Den Firmennamen richtete ich auf meinen Schwerpunkt aus. Die Spezialisierung klar und deutlich zu benennen, half das richtige Zielpublikum anzusprechen. Dieses Prinzip übernahm ich aus der Privatwirtschaft.

Der ganze Prozess war nicht langweilig und auch nicht nutzlos, sondern ungefähr so spannend und lehrreich wie die Teilnahme an einer Schulung der renommiertesten Weiterbildungsinstitute.

Nun war alles in die Wege geleitet, es konnte losgehen!

Um Kundschaft zu gewinnen, war die Vernetzung mit niedergelassenen ÄrztInnen und verschiedenen sozialen Diensten hilfreich. Ich verfasste ein Schreiben und versandte meine Flyer an Alterssiedlungen, ambulante psychiatrische Dienste, Tagesheime für Betagte, die Pro Senectute und einige mehr. Viele Führungspersonen sozialer Einrichtungen kannten mich bereits aus einer früheren Zusammenarbeit, deshalb dauerte es nicht lange, bis ich die ersten Anmeldungen erhielt.

Komplexität erfordert Professionalität

Über ein Jahr lang durfte ich mehrmals wöchentlich die 88-jährige Frau G. mit einer Alzheimer-Demenz begleiten. Die eher kleine, normalgewichtige Dame mit Kurzhaarschnitt hatte ein gewinnendes Wesen und war immer gut gelaunt. Vor jedem Besuch freute ich mich sie zu sehen. Wir verstanden uns aussergewöhnlich gut, da wir uns im Charakter ähnelten. Ihr früherer Beruf war Töpferin. Sie zeigte mir Tee-Sets, die sie selbst geformt hatte und jetzt in einem Glasschrank schön präsentiert aufbewahrte. Diese waren mit zierlichen Blumenmustern bemalt; die Veilchen hatten es Frau G. angetan. Sie konnte früher ihr Porzellan gut verkaufen, ihr Berufsstolz war noch spürbar.

Am liebsten erzählte sie aus ihrer Kindheit im Jura in der nördlichen Ajoie. Damals seien die Dörfer noch lebendig gewesen, es habe einen ortsansässigen Metzger und einen Bäcker mit den besten Croissants in der Region gegeben, und

jeden Samstag seien sie auf den Markt nach Porrentruy gegangen. Sie habe lange Zöpfe getragen und sei gerne durch
die Strassen im Dorf gehüpft. Jeden Sonntag hätten sich die
Leute in der Kirche getroffen, doch sie selbst sei nicht gerne
hingegangen - sie habe die langen, sich ewig gleichenden Ze-
remonien langweilig gefunden. Sie durchschaute, dass die
Mehrheit der Anwesenden nicht wegen ihres Glaubens, sondern nur für ihr gesellschaftliches Ansehen gekommen seien:
eine Doppelmoral, die ihr widerstrebte. Also habe sie sich die
Zeit vertrieben, indem sie die Engel mit Fantasienamen, wie
Porzellan-König, Mosaikschönheit, singende Leuchtfigur,
Abgebrochene-Hand usw. ausgestattet habe. Während des
zweiten Weltkriegs habe sie mithelfen müssen, im Garten Gemüse und Kartoffeln anzupflanzen, das sei anstrengend gewesen. Ansonsten habe sie zum Glück aber nicht viel vom
Krieg mitbekommen.

Frau G. benötigte Unterstützung bei der Zusammenstellung
des Einkaufszettels, beim Gang in den Lebensmittelladen, bei
der Zubereitung ihrer Hauptmahlzeit und bei der Körperpflege, beim Kleiderwechsel und bei der Medikamentenein-
nahme.
Dank ihrer aufgeschlossenen Persönlichkeit fasste sie sofort
Vertrauen. Trotzdem fand sie es anfangs befremdlich, dass ich
mit ihr einen Einkaufszettel zusammenstellen wollte - sie war
der Auffassung, sie könne dies doch allein. Ein klassisches
Phänomen, da die Betroffenen ihre eigenen Defizite aufgrund
ihrer Krankheit nicht mehr selbst erkennen können.

Ich wandte die Methode der Validation an, eine Form der Gesprächsführung, in der die Pflegefachpersonen nicht widersprechen, sondern durch gezielte Aussagen spiegeln, was die PatientInnen mit den teils unzusammenhängenden Sätzen zu sagen versuchen. Die Validation vermeidet Irritationen in der Kommunikation. Das vermittelt Sicherheit und die Betroffenen fühlen sich verstanden.

Im Beispiel von Frau G. schlug ich vor, dass wir gemeinsam in den Kühlschrank schauen und sie mir dann sagen könne, was sie kaufen müsse - zu zweit gehe es schneller und einfacher. Ich achtete auf die Emotionen, die nonverbal ausgedrückt wurden, und reagierte bei Formulierungsproblemen verständnisvoll. Vorsichtig führte ich Frau G. an die Aufgabe respektive an die Hürde heran, ohne sie blosszustellen. Sie realisierte schliesslich ihre Schwierigkeiten mit der Ausführung der Handlung von allein, als sie vor dem Kühlschrank stand. Ihr fiel nicht ein, was sie hätte kaufen sollen, auch nicht, nachdem sie den spärlichen Kühlschrankinhalt betrachtet hatte. Die zusammenhängenden Gedankenabläufe, die ihr geholfen hätten, zu erkennen, was fehlt, vermochte ihr Gedächtnis nicht mehr zu leisten.

Langsam tastete ich mich in Frau G.'s Tempo an die Lösung heran. Das ermöglichte mir, ihr Schritt für Schritt beizustehen. Nachdem Frau G. ins Stocken geraten war, stellte ich mich neben sie und fragte gezielt nach, ob beispielsweise Butter gekauft werden müsse. Mochte sie Butter und sah keinen im Kühlschrank, konnte sie meine Frage mit Ja beantworten. Auf diese Weise hatte sie das Gefühl, selbst entschieden zu haben.

Wir überlegten gemeinsam, welche Tasche sie mitnehmen müsse und ob sie eine dicke oder dünne Jacke benötigte. Manchmal ging viel Zeit verloren, weil Frau G. mehrfach prüfte, ob sie genügend Geld eingepackt hatte. Während sie den Geldbeutel schloss, vergass sie bereits wieder, dass sie zuvor den Betrag kontrolliert hatte, und schaute erneut nach, wie viel Geld sie bei sich trug. Daneben-zu-stehen und geduldig abzuwarten oder mit gezielten Bemerkungen Sicherheit zu vermitteln, erforderte viel Fingerspitzengefühl; die Stimmung konnte leicht kippen.

Im Stillen überprüfte ich unauffällig, ob die Dame hinter sich die Wohnungstür abschloss. Der Fussweg zum Geschäft gab mir nebenbei die Gelegenheit, ein Wahrnehmungs- und ein Gehtraining mit ihr durchzuführen. Unterwegs machte ich die Patientin auf hübsche Blumen oder einen singenden Vogel aufmerksam. Das regte ihre Sinne und das Gedächtnis an. Sie konnte mir beim Betrachten der Flora sagen, welche Pflanzen sie mit Namen kannte. Auch das kann man als gutes Training betrachten und um dazu beizutragen, dass bestehende Fähigkeiten möglichst lange erhalten bleiben. Im Laden liess ich der Patientin Zeit. Sie hatte dadurch die Möglichkeit, ihr Obst und Gemüse in Ruhe auszuwählen, zu wägen und zu etikettieren. Gemeinsam überprüften wir anhand des Einkaufszettels, ob sie an alles gedacht hatte. An der Kasse war ich mitverantwortlich für die korrekte Abwicklung des Zahlungsvorgangs. Zurück in der Wohnung leitete ich Frau G. an, mir beim Kochen zu helfen. Sie rüstete unter Anleitung das Gemüse, deckte den Tisch und teilte mir währenddessen ihre Vorlieben in Bezug auf das Essen mit. Ihr Lieblingsgericht waren gedämpfte Karotten mit Kräutern und Spiegelei.

Einmal entdeckte ich beim Betreten der Wohnung einen verkohlten Topf. Ich erschrak! Hatte Frau G. versucht zu kochen und vergessen, den Herd abzuschalten? Leider musste ich das annehmen, ein Hinweis auf eine Selbstgefährdung. In dieser Situation war ich berechtigt, die Sicherung für den Herd hinter dem Rücken der Kundin zu deaktivieren - eine Bevormundung.

In spezifischen Gefährdungsmomenten war es mir erlaubt so zu handeln, um Betroffene mit eingeschränkter Urteilsfähigkeit zu schützen. Ich musste dies jedoch genau begründen und belegen können. Im vorliegenden Fall galt es, einen Brand im Haus zu verhindern. Man stelle sich vor, die Alterssiedlung wäre plötzlich in Flammen gestanden und alle älteren BewohnerInnen hätten innert Kürze evakuiert werden müssen. Das wäre schlimm gewesen!

Die Angehörigen informierte ich natürlich über die getroffene Massnahme; sie teilten meine Meinung und waren froh, die Verantwortung nicht allein tragen zu müssen. Dem Sohn stand ich für Fragen gerne zur Verfügung. Wöchentlich hatte ich ihm über die Einsätze berichtet. Er konnte auf diese Weise meine Interventionen besser nachvollziehen. Gleichzeitig gab mir dies die Gelegenheit, ihm fachliche Tipps zu geben für einen spannungsfreien Umgang mit der Mutter. Hätte ich das nicht getan, wären die beiden öfter aneinandergeraten, da aufgrund der Krankheit von Frau G. häufig Missverständnisse zwischen ihnen entstanden.

In den Gesprächen mit der Kundin konnte ich anhand ihrer Biografie und Fotos positive Erinnerungen wecken. Einmal nahm ich meinen Laptop mit und spielte ihr ein YouTube-Video mit einem folkloristischen Lied vor, das sie während einer mehrwöchigen Reise durch Irland eingeübt hatte. Sie konnte sich noch an den Namen des Stücks erinnern. Dank der Suchfunktion fand ich es innert Sekunden im Internet. Wir summten gemeinsam die Melodie dazu. Die Freude, die ich damit bei Frau G. wecken konnte, bleibt mir unvergessen.

Die grösste Herausforderung war es, die Patientin einmal wöchentlich zum Duschen zu motivieren. Das gelang nur in entspannter Umgebung. Da sie sich täglich am Lavabo wusch, war der fixe Rhythmus jedoch nicht zwingend notwendig; Frau G. zeigte keine Begeisterung in Bezug auf diese Massnahme. Schamgefühle spielten in der Vermeidungstaktik eine wichtige Rolle. Nun galt es abzuwägen, welches Bedürfnis oberste Priorität erhält - Sauberkeit oder Integrität. Die Patientin hatte grosses Vertrauen in mich. Das half, sie sanft zum Duschen zu überreden. So liess sie die Prozedur durchschnittlich alle zwei Wochen, trotz ihres Unverständnisses und eines spürbaren Unbehagens, über sich ergehen.
Auch in diesem Beispiel musste ich ständig neu einschätzen, wie viel Bevormundung sinnvoll und vertretbar war. Dabei galt es gesundheitliche Aspekte, das individuelle Hygienebedürfnis, aber auch die Würde der Kundin mit einzubeziehen. In einem Thema konnte sie fähig und mündig sein, selbst zu entscheiden, in einem anderen Bereich gelang es ihr nicht

mehr, das ganze Mass der Entscheidung zu überblicken. Dann durfte ich zu ihrem Wohl Einfluss nehmen; ein schwieriger Balanceakt, der einiges an Erfahrung erforderte.

Einmal wöchentlich richtete ich das Medikamenten-Doset, eine Schachtel, in der man für sieben Tage, zu vier verschiedenen Tageszeiten, Tabletten einfüllt. Die Zeiten und die Wochentage sind beschriftet. Die Box sieht aus wie das Spiel «Schiffe versenken» mit vier horizontalen und sieben waagerechten Linien. Die Patientin war es gewohnt, die Medikamente nach dem Essen zu schlucken. Sie dachte routiniert daran, die gerichtete Dosis aus dem richtigen Fach zu nehmen, was sie später bei fortschreitender Krankheit nicht mehr tat. Eines Tages blieben etliche Tabletten-Portionen in der Schachtel zurück und mehrere Tagesdosen waren durcheinandergemischt: höchste Zeit, die Kontrolle über die korrekte Einnahme zu übernehmen.

Ich koordinierte mich regelmässig mit dem Hausarzt von Frau G. und teilte ihm mit, wenn sich der Zustand der Klientin aus meiner Sicht verschlechterte. Er bestellte die Betroffene in Begleitung ihres Sohnes regelmässig in seine Praxis, passte die Medikation an, beurteilte seinerseits den Zustand oder veranlasste bei Bedarf eine Überweisung zum Spezialisten.
Nach drei Jahren Betreuung wurden die Defizite der Patientin im Alltag immer grösser. Im Kühlschrank blieben viele Lebensmittel unberührt. Frau G. hatte offenbar kein spontanes Hungergefühl mehr, das sie zum Kühlschrank lockte, sie

schien nur noch herumzusitzen; das war gefährlich. Sie würde in kurzer Zeit abmagern und schwächer werden. Einmal stand mitten im Winter das Fenster weit offen, die Wohnung war eiskalt, als ich kam. Ich hoffte, die Patientin hatte sich dadurch nicht erkältet. Der Moment war gekommen, an dem sie nicht mehr allein zu Hause leben konnte.

Es tat mir leid für Frau G. - sie lebte so gerne in dieser Wohnung und hatte den Eintritt in ein Heim stets abgelehnt. Doch es ging nicht mehr anders. Ich half dem Sohn bei der Suche nach einem geeigneten Pflegeheimplatz.

Da die Vergesslichkeit bereits weit fortgeschritten war, erlebte die Kundin den Wohnortswechsel letztlich nicht traumatisch. Sie wurde vom Sohn zu einem Kaffee mit Schwarzwälder Kirschtorte - ihrem Lieblingskuchen - ins Pflegeheim eingeladen. Anschliessend durfte sie in einem mit ihren Möbeln eingerichteten Zimmer ein Nickerchen machen. Sie wurde auf der Station nett empfangen und blieb ohne grosse Widerstände, auch als der Sohn sich verabschiedete; die Patientin realisierte gar nicht mehr, dass sie nicht bei sich zu Hause war.

Den passenden Zeitpunkt für den Wechsel in ein Heim zu finden, lag auch in meiner Verantwortung. Es fühlte sich ein wenig an wie ein Richterspruch, der den Betroffenen auch Unrecht tun konnte; ganz sicher war ich mir im Voraus nie.

Meine Interventionen im Beispiel von Frau G. zeigten in mehrfacher Hinsicht Wirkung. Ich konnte präventiv tätig sein, während ich beim Einkaufen und Kochen auf gesunde Ernährung achtete. Ich schützte vor Verletzungen durch rechtzeitiges Erkennen und Verhindern gefährlicher

Situationen. Die Unterstützung in der Körperpflege förderte das Wohlbefinden der Patientin. Gleichzeitig konnte ich ihre Hautverhältnisse beurteilen und bei Bedarf reagieren. Ich trug dazu bei, das seelische Leiden zu vermindern, indem ich proaktiv Momente der Scham - ausgelöst durch die Überforderung von Frau G. - vorausschauend zu verhindern versuchte, und das Wichtigste: Ich wurde zu einer Bezugsperson mit Kontinuität. Dadurch konnte ich den Gefühlen von Einsamkeit vorbeugen und Veränderungen im Zustand der Patientin registrieren.

Um meiner Rolle gerecht zu werden, benötigte ich ein umfangreiches Fachwissen in medizinischen und pflegerischen Bereichen, musste empathisch sein und in Zusammenhängen denken. Einzelne Unterstützungsmassnahmen klingen isoliert betrachtet vielleicht banal. Alles andere als simpel ist es hingegen, zum richtigen Zeitpunkt im geeigneten Mass Unterstützung zu leisten - das bedeutet Professionalität. Nur in der Bezugspflege ist dies wirklich gut möglich. Der personenzentrierte Ansatz ist deshalb meiner Meinung nach, der einzige gangbare Weg, solch komplexen Situationen gerecht zu werden. In der Freiberuflichkeit konnte ich dieses Ideal leben. Ausserdem war es mir möglich, die Arbeitszeiten selbst einzuteilen. Ich plante regelmässig Pausen ein, um nicht gestresst zu sein, sollte ein Termin etwas länger dauern als vorgesehen. Einer der grössten Vorteile der selbstständigen Erwerbstätigkeit war die Freiheit, das gesamte Spektrum aller Pflegedienstleistungen anbieten zu können, unabhängig von der

Wirtschaftlichkeit. Dies kann die institutionalisierte Spitex nicht leisten, denn sie muss rentabel sein. Das ist bedauerlich.

Missverständnisse zum Frühstück

Manchmal arbeitete ich mit anderen Pflegediensten zusammen, denn als Einzelperson gelang es mir nicht immer, alle Bedürfnisse abzudecken. In der Betreuung eines älteren Ehepaars waren täglich Einsätze erforderlich; da ich Teilzeit arbeitete, benötigte ich eine Vertretung. Eine private Spitex-Organisation erklärte sich einverstanden, mit mir zusammenzuarbeiten; die Fallverantwortung blieb indes bei mir. Mit der Teamleiterin dieser Spitex stand ich in regem Austausch. Die Aufgabenteilung hatten wir zuvor klar definiert.

Herr K. litt ebenfalls unter ausgeprägter Vergesslichkeit. Seine Frau wirkte im Umgang mit dem veränderten Verhalten ihres Mannes überfordert und konnte es nicht akzeptieren. Die ganze Zeit machte sie ihm Vorwürfe, weil er immer dieselben Fragen stellte und unzuverlässig geworden war. Morgens traten regelmässig Konflikte auf, da Herr K. immer später oder gar nicht mehr zum Frühstück erschien. Frau K. fühlte sich im Recht und ihr Mann verstand nicht, warum sie sich ärgerte. Die Klientin beschäftigte sich ständig mit der Reinigung der Wohnung; sie war sehr pingelig. Fand sie Krümel oder anderen Schmutz, ärgerte sie das und sie gab ihrem Mann die Schuld dafür.

Im Speisezimmer stand ein Vitrinenschrank aus Nussbaum-
holz, mit wunderschönen Intarsien verziert. Dort präsentierte
Frau K. den Gästen das Festtagsgeschirr. Auf dem Boden lagen bunte Perserteppiche, an den Wänden hingen Kopien von
Bildern berühmter Maler. Eines davon kannte ich, es war eine
Kopie des Seerosenteichs von Claude Monet. Alles war farblich passend arrangiert.

Jeden Tag traf sich Frau K. mit ihren Freundinnen zum Jassen
in der Stadt. Ihr Mann war in dieser Zeit auf sich allein gestellt, was der Tochter Sorgen bereitete. Sie hatte die Vergesslichkeit des Vaters auch festgestellt. Auf ihre Initiative hin
wurde ich involviert. Während des Erstgesprächs zu viert
fand ich schnell einen guten Draht zu beiden Eheleuten. Sie
waren einverstanden mit regelmässigen Besuchen durch
mich und die private Spitex sowie mit einem Rotkreuz-Be-
gleitdienst für Herrn K., den ich zur Überbrückung der Ab-
wesenheiten der Ehefrau organisierte.

Während unserer Einsätze unterstützten wir Herrn K. bei der
Morgentoilette und sorgten für die regelmässige Medikamen-
teneinnahme, indem wir die Tabletten neben dem Früh-
stücksteller bereitstellten und beiläufig in einer lockeren Unterhaltung beobachteten, ob er sie schluckte. Er war der
Meinung, es sei unnötig, ihn daran zu erinnern, vergass sie
dann aber regelmässig einzunehmen. Die allmorgendlichen
Zusammenstösse der Eheleute wurden seltener.

Der grösste Wunsch des Patienten war, so lange wie möglich
zu Hause zu wohnen. Ausserdem kannte er die gewohnten
Abläufe, die ihm Sicherheit vermittelten.

Nach einer gewissen Zeit regte ich den Hausarzt dazu an, Herrn K. in der Memory-Klinik zur Demenz-Abklärung anzumelden. Er teilte meine Einschätzung und fand die Idee gut. Die Diagnose Vaskuläre Demenz wurde durch die Untersuchung bestätigt. Dem Ehepaar und der Tochter wurde erklärt, dass es sich um eine ernsthafte Krankheit handelt, aber Frau K. zeigte trotzdem keine Bereitschaft, ihre Gewohnheiten anzupassen. Sie blieb sehr auf ihre Freundinnen fixiert; die Krankheit ihres Mannes schien sie zu verdrängen. Auf meine Beratungsversuche reagierte sie abweisend. Ich wollte ihr in Bezug auf den Alltag neue Verhaltenstipps näherbringen, sie erkannte jedoch keinen Sinn darin.

Dank der Hausbesuche und der damit erreichten Beruhigung und Sicherstellung einer geordneten Struktur konnte der Eintritt des Klienten in ein Pflegeheim lange hinausgezögert werden.

An einem frühen Mittwochmorgen stürzte Frau K. dann allerdings unerwartet in der Wohnung und zog sich dabei eine Platzwunde am Kopf zu.

Als ich an diesem Tag zu Besuch kam, lag sie mit blutverschmierter Stirn auf ihrem Bett. Ihr Mann wirkte verstört. Ich erkannte schnell den Notfall. Die Patientin nahm blutverdünnende Mittel - ein Schlag auf den Kopf, konnte im schlimmsten Fall eine gravierende Hirnblutung auslösen; dies beunruhigte mich. Ich stellte Frau K. gezielte Fragen zur örtlichen und situativen Orientierung. Ihre Antworten deuteten auf eine Verwirrung hin. Beide Ehepartner waren nicht in der

Lage, mir zu erklären was genau geschehen war. Das Resultat der Blutdruckkontrolle verstärkte meine Sorgen; der gemessene Wert war sehr tief - ein weiteres Alarmsignal. Da die Klientin sehr betagt war und eine Patientenverfügung ausgefüllt hatte, telefonierte ich zuerst mit dem zuständigen Hausarzt. Dieser ordnete trotzdem umgehend die Einweisung ins Spital an. Ich liess den Krankenwagen kommen. Frau K. bot ich etwas Wasser zum Trinken an, in der Hoffnung, das würde ihren Kreislauf stabilisieren, und packte die wichtigsten Dinge für ihren Aufenthalt im Spital in eine Tasche ein.

Erst jetzt konnte ich die Tochter des Ehepaars informieren. Es war schwierig, ihr mitzuteilen, was vorgefallen war. Sie reagierte gefasst und zeigte sich dankbar für mein schnelles Handeln. In der Zwischenzeit traf der Krankenwagen ein. Ich erzählte dem Notfallpersonal was ich zum Unfallhergang wusste. Die Tochter, die mittlerweile auch in der Wohnung eingetroffen war, beruhigte Herrn K. Die Traurigkeit stand ihm ins Gesicht geschrieben, als seine Frau von den Sanitätern auf der Liege davongetragen wurde. Wehmütig blickte er vom Fenster aus dem Krankenwagen nach, als dieser davonfuhr.

Nun musste seine Betreuung organisiert werden. Er konnte nicht allein in der Wohnung bleiben, denn aufgrund seiner Demenz wäre er überfordert gewesen. Der Hausarzt suchte, in Absprache mit der Tochter, einen Platz in einer stationären gerontopsychiatrischen Abteilung. Glücklicherweise fand er schnell eine Klinik, die noch freie Kapazitäten hatte. Die Tochter begleitete Herrn K. mit ihrem Auto dorthin.

Ich eilte zu meinem nächsten Termin, den ich zwar knapp, aber noch rechtzeitig erreichte. Später erfuhr ich, dass Frau K. operiert worden war und sich nach einem längeren Spitalaufenthalt mit anschliessender Rehabilitation wieder erholt hatte. Herr K. konnte leider nicht mehr in die Wohnung zurückkehren; sein Zustand hatte sich ausserhalb seines gewohnten Umfelds schnell verschlechtert. Er war jetzt rund um die Uhr auf Betreuung angewiesen.

Jeder Heimeintritt meiner PatientInnen beschäftigte mich. Aus Erfahrung wusste ich, dass die Betroffenen in absehbarer Zeit in eine betreute Institution werden umziehen müssen. Das wurde in der Regel dann notwendig, wenn ein unerwartetes Ereignis eintraf, das den Verbleib der Betroffenen zu Hause verunmöglichte. Das war auch der Zeitpunkt, an dem meine Einsätze manchmal von einem Tag auf den anderen zu Ende gingen.

Da ich in Spitälern und in Pflegeheimen gearbeitet hatte, besass ich eine klare Vorstellung davon, unter welchen Bedingungen die PatientInnen in den Institutionen leben werden. Sie müssen sich der Tagesstruktur der Institution anpassen. Bei Menschen mit Demenz wird sich die Orientierung womöglich verschlechtern, da sie aus ihrem gewohnten Rhythmus und ihrer Routine von zu Hause fallen. Die Betreuungspersonen werden nicht immer die Zeit aufbringen können, die notwendig wäre, um die Gedächtnisleistung der Patientinnen optimal zu fördern. Andere haben Mühe, sich mit der Umstellung abzufinden oder lassen sich einfach fallen - Vorzeichen eines schnellen Abbaus des Allgemeinzustands.

In den eigenen vier Wänden zu wohnen, blieb aus meiner Sicht, trotz bester stationärer Versorgung, nach wie vor die ideale Lebensform - denn wer möchte schon ständig umgeben sein von weiss gekleideten Gestalten, die zwar freundlich zu einem sind, doch ständig irgendwelche Gesundheitsideen vorbringen, auf die man gerade keine Lust hat?

Spass beiseite: Ich bin überzeugt, dass die meisten Betagten in ihrer ursprünglichen Umgebung die grösste Lebensqualität erfahren - nicht umsonst hat sich die Redewendung «Einen alten Baum soll man nicht verpflanzen» im Sprachgebrauch durchgesetzt. Es gilt also alles dafür zu tun, die angestammte, störungsfreie, autonome Wohnform so lange wie möglich beizubehalten. Mit dieser Überzeugung fiel mir das Loslassen der mir ans Herz gewachsenen Personen, wenn es schliesslich nicht mehr anders ging, umso schwerer.

Langeweile gibt es nicht

Der individuelle Mensch mit seiner ganz eigenen Geschichte und Lebenssituation stand für mich immer im Vordergrund. Oberstes Ziel meiner Arbeit war, die Person zur grösstmöglichen Selbstständigkeit anzuleiten. Alle Betroffenen haben eine je eigene Lebenswelt, persönliche Ansichten, Deutungen und jahrelange Gewohnheiten sowie Handlungsmuster verinnerlicht. Ich war Gast in diesem subjektiven Universum. Meinen Auftrag verstand ich darin, mich anzupassen und pflegerische Lösungen innerhalb dieser Grenzen zu finden.

Meistens spürten die PatientInnen schon bei der ersten Begegnung mein echtes Interesse an ihnen als Individuum. Deshalb respektierten mich die unterschiedlichsten Persönlichkeiten innert kürzester Zeit - ganz so, als würden wir schon jahrelang gemeinsam kegeln oder uns jede Woche im Schwimmkurs treffen. Sie vertrauten mir ihre Ängste und Sorgen an und liessen sich auf meine Unterstützungsangebote ein. Die Basis für eine konstruktive professionelle Beziehung war geschaffen.

Vor Kurzem las ich in einer Fachzeitschrift über die neuste Pflegepraxis, die «genuin pflegerische» Akzente setzt. Diese Theorie wird jetzt am Master-Studiengang Pflege unterrichtet. Das Prinzip ist fast identisch mit meiner intuitiv gewählten, oben beschriebenen Methode, die ich mir durch Erfahrung selbst beigebracht hatte. Ich fühlte mich in meiner Arbeitsweise von der Pflegewissenschaft bestätigt und stolz, bereits vorher dieselben Ideen verwirklicht zu haben.

Im Umgang mit Menschen mit einer Depression wendete ich vorzugsweise den lösungszentrierten Ansatz an. Dadurch gelang es, die kreisenden Negativ-Gedanken der Betroffenen zu durchbrechen. Ich führte Sozialtrainings durch und übte mit meinen PatientInnen Entspannungs- und Atemübungen für den Alltag ein.

Auch das Gelernte aus dem Basiskurs Psychotherapie und einer Weiterbildung in Transaktionsanalyse konnte ich in der praktischen Arbeit nutzen.

Die Fussreflexzonentherapie war zudem die ideale Entspannungstechnik in Situationen, in denen die Anspannung der Betroffenen zu gross war, um sich auf ein Gespräch mit mir einzulassen.

Des Weiteren bot ich Aktivitäten ausserhalb des Hauses an, die die Lebensfreude der depressiv erkrankten Person steigern sollten. Viele fanden den Antrieb oder den Zugang zu Energiequellen nicht allein. Dank meiner Begleitung konnten sie den inneren Widerstand besser überwinden. Sobald wir gemeinsam ihr Domizil verliessen, hellte sich ihre Miene auf. Wir gingen spazieren, setzten uns auf eine Bank in der Sonne und beobachteten gemeinsam das Treiben auf der Strasse. Schon das alleine, wirkte manchmal wie ein Wunder.

Ich erlebte häufig, wie Menschen mit einer Depression mit sich selbst kämpften. Sie richteten ihre Wut nach innen und verurteilten sich für ihre Lethargie, ihnen fehlte die Selbstliebe um sich mit den eigenen Schwächen anzunehmen. Das hätte sie gerettet. Doch sie waren verloren, gefangen in ihren eigenen negativen Gedanken, fast so wie in einem Gefängnis ohne Fenster. Antriebslosigkeit war ein typisches Symptom davon. Es wäre nicht zielführend gewesen, den PatientInnen Vorschläge für ihr Verhalten zu unterbreiten, das hätte sie unter Druck gesetzt. Sie fühlten sich unfähig und gelähmt, den Wünschen anderer zu entsprechen; schlimmer noch, das liess bei ihnen ein Gefühl der Bevormundung zurück, der sie gar nicht bedurften, denn sie kannten ihre Schwächen ja selber allzu gut.

Als Pflegefachfrau war ich gewohnt, Tipps zu geben und Empfehlungen auszusprechen. In der Begleitung von Menschen mit einer Depression musste ich unbedingt darauf achten, mehr zuzuhören und Fragen zu stellen, statt pro-aktiv zu handeln. Strahlte ich innere Ruhe aus, gelang es den Betroffenen, manchmal unerwartet Schritte zu wagen hin zu einem grösseren Wohlbefinden und in Richtung Genesung.

Das bestätigte sich mir eines Nachmittags mit aller Deutlichkeit, als ein schwer depressiver Patient ohne jegliche Lebensfreude unerwartet das Video des Schwanensee-Balletts hervorholte. Er legte das Band in das Gerät ein und ich durfte eine ganz neue Seite an ihm kennenlernen. Der Mann zeigte richtige Begeisterung für die zierlichen, perfekt synchron tanzenden Gestalten und die weltbekannte klassische Musik. Es wurde spürbar, wofür sein Herz brannte. Ich hoffte, er würde daraufhin wieder einmal ins Theater gehen, um sich neue Produktionen anzusehen, doch dazu fand er leider keine Kraft mehr.

Aufgrund des Teilzeitpensums waren meine Betreuungskapazitäten begrenzt. Deshalb beschränkte ich mich in erster Linie auf meinen fachlich gesetzten Schwerpunkt die Begleitung betagter Menschen mit Demenz und/oder Depression. Ich blieb aber auch offen dafür, PatientInnen mit anderen Krankheiten zu pflegen.

Einmal begleitete ich eine Frau mit einer Alkoholabhängigkeit. Sie lebte in einfachen Verhältnissen in einem renovationsbedürftigen Haus ohne Zentralheizung mit wenig Einrichtungsgegenständen. Frau M. war mit ihrem Leben zufrieden, obwohl sie zu verwahrlosen drohte. Sie wirkte ungepflegt, ass immer nur «Weggli» mit Konfitüre und in der Wohnung stapelten sich Berge von leeren Weinflaschen. Die Frau neigte ausserdem dazu, alle Verpflichtungen vor sich herzuschieben.

In dieser Situation hiess es für mich einmal mehr, geduldig zu sein und nicht zu viel auf einmal zu erwarten. Die Diskrepanz zwischen meiner Vorstellung eines Idealzustands und dem, was Frau M. bereit war, an ihrem Verhalten zu ändern, war ungefähr so riesig wie der Unterschied zwischen einem Elefanten und einer Maus. Im Pflegeplan notierte ich die möglichst realitätsnahen Ziele: Die Patientin ernährt sich ausgeglichen, die Wohnung wird regelmässig durch einen Putzdienst gereinigt und die Kleidung von Frau M. ist sauber. In den Treffen mit der Patientin waren diese Themen Inhalt unserer Gespräche.

Der Prozess hin zu einer Verbesserung ihres Zustands war langwierig, - dies auszuhalten Teil meiner Rolle als Psychatriepflegefachfrau HF. Doch es fiel mir schwer, meine aufkommende Ungeduld in Schach zu halten, sie lauerte wie ein kleiner, unanständiger Wichtel im Hintergrund. Einmal mehr führte das Verhalten der Patientin dazu, dass ich mich selbst im Spiegel sah. Mir dessen immer wieder bewusst zu werden, nicht in eine Falle zu tappen und damit den Prozess durch meine eigene Schwäche zu stören, glich einem Hindernislauf, bei dem ich auf keinen Fall in den Wassergraben - mit den darin schwimmenden Piranhas - geraten durfte.

177

Ein weiterer nicht unerheblicher Aspekt meiner Arbeit waren die Hilfestellungen im Bereich der administrativen Pflichten. Viele hatten Anspruch auf Unterstützungsleistungen durch die Invalidenversicherung und die Sozialhilfe oder sie erhielten Ergänzungsleistungen vom Amt für Sozialbeiträge. Angehörige konnten Pflegebeiträge oder Hilflosenentschädigungen beantragen. Die Gesetze im Bereich der Sozialversicherungen änderten sich ständig. Es gab so viele Details, die man beachten musste, die im Klinikalltag von SozialarbeiterInnen bearbeitet werden.

Für viele Laien ähnelt das System der Sozialbeiträge der Schweiz einem Labyrinth mit jeder Menge Windungen und Ecken, die für Verwirrung sorgen. Unzählige Betroffene fallen durch die Maschen, weil sie die Gesetze zu wenig kennen und gar nicht wissen, dass sie einen Anspruch auf Unterstützungsleistungen haben. Das finde ich nicht richtig.

Mit einer staatlichen Einheitskrankenkasse und einem bedingungslosen Grundeinkommen hätte man dieses Problem im Nu gelöst. Das würde den ganzen administrativen Apparat vereinfachen und Kosten einsparen. Ein grosser Teil des Personalaufwands in der Verwaltung und die teure Werbung, die der Konkurrenzkampf zwischen den Krankenkassen fordert, wären hinfällig. Diese Ersparnisse, kämen den Menschen in unserem Land zugute.

Ich moderierte je nach Bedarf Fallbesprechungen bei Betroffenen zu Hause. An den Sitzungen nahmen neben PatientInnen auch Familienangehörigen, Bezugspersonen, Vertretungen anderer involvierter Dienste, die HausärztInnen und ich teil.

Doch warum muss überhaupt so eine bunt zusammengewür-
felte Runde - beinahe unmöglich einen gemeinsamen Termin
zu finden - zusammenkommen? Ist das nicht verschwendete
Zeit, die die Gesundheitskosten in die Höhe treibt?

Nein, im Gegenteil: In diesen Besprechungen werden die
Dienstleistungen zum Nutzen der PflegeempfängerInnen ko-
ordiniert, wichtige Informationen ausgetauscht sowie individuelle Bedürfnisse und Wünsche geklärt. Man lernt sich persönlich kennen, was die gegenseitige Kontaktaufnahme zu
einem späteren Zeitpunkt vereinfacht, und es hilft eine gemeinsame Strategie zum Lösen der Probleme zu finden. -
Diese Treffen sind ausserdem ein unverzichtbares Element,
um Doppelspurigkeit zu vermeiden.

Eine Zustandsverbesserung oder Stabilisierung der PatientInnen war eine Bestätigung, mit den getroffenen Massnahmen
auf dem richtigen Weg zu sein. Der Nutzen meines Einsatzes
wurde hingegen nicht immer sofort sichtbar. Ich konnte keine
Erfolgserlebnisse verzeichnen wie ein Handwerker, der am
Ende des Tages sieht, was er geleistet hat. Deshalb freute ich
mich auch bereits über gleichbleibende Verhältnisse.

Leider bedeutet die Begleitung kranker Menschen oft aber
auch, mitansehen zu müssen, wie sich der Gesundheitszu-
stand der Betroffenen nach und nach verschlechtert. Das ist
eine Realität, die es zu akzeptieren gilt.

Die meisten Menschen, die ich betreuen durfte, zeigten mir
aber auch immer wieder ihre Dankbarkeit - ein wichtiges

Feedback. Dies gab mir Kraft, mich trotz Widrigkeiten weiterhin für sie einzusetzen.

Ich kannte keine Langeweile - es gab immer etwas zu erledigen und zu verbessern. Erlaubten es die Wetterverhältnisse, fuhr ich mit dem Elektro-Bike zu den Terminen. Ich führte täglich die Pflegedokumentation der besuchten PatientInnen nach und erfasste die Leistungen in Fünfminuteneinheiten in einer Excel-Tabelle. Gab es etwas zu organisieren, telefonierte ich oder schrieb eine Mail an die zuständigen Stellen. Einmal monatlich vervollständigte ich die Buchhaltung und stellte meine Dienstleistungen in Rechnung. Das gehörte nicht zu meinen Lieblingsaufgaben, musste jedoch erledigt werden, denn sonst hätte meine Einzelfirma schnell der Vergangenheit angehört.

Ich wirkte in zwei Netzwerken freiberuflich tätiger Pflegefachpersonen mit, nahm regelmässig an den Zusammenkünften teil und blieb so bezüglich pflegerischer Themen informiert. Neben dem fachlichen Austausch kamen dort auch berufspolitische Aspekte zur Sprache, wie beispielsweise die neuesten Tricks der Leistungserbringer, ihre Vergütungspflicht zu umgehen; ihr Einfallsreichtum kannte keine Grenzen.
Ausserdem erfuhr ich wissenswerte Neuigkeiten über die Zusammenarbeit mit den Gesundheitsdiensten und knüpfte Kontakte mit Gleichgesinnten. Wir vertraten uns gegenseitig bei Abwesenheit.

Mehrmals im Jahr besuchte ich Weiterbildungen. Eine davon animierte mich, Humor vermehrt während der Arbeit einzusetzen. Dies gelang mir besonders gut mit Alltagskomik. Ich achtete dabei darauf, den richtigen Ton zu treffen, denn Humor kann auch falsch verstanden werden. Es gelang mir fast immer die Betroffenen zum Lachen zu bringen - das tat beiden Seiten gut.

Jedes fünfte Jahr nahm ich zudem an einem Auffrischungskurs in Erster Hilfe teil. Ich legte Wert darauf, mein Wissen aktuell zu halten, um im Ernstfall richtig reagieren zu können. Die korrekte Reanimation muss immer wieder praktisch geübt werden. Bei einem Herzstillstand entscheiden wenige Sekunden über das Überleben der Betroffenen. Ein kleiner Fehler hätte gravierende Folgen. Ich trainierte die richtige Lagerung und die korrekte Herzmassage an einer Puppe. Dabei fühlte ich mich wie ein untrainierter Gast mit überfülltem Magen im Fitnessstudio. Nach einer Stunde Unterricht war ich fix und fertig, doch es hatte Spass gemacht, hypothetisch mindestens fünf Menschenleben gerettet zu haben.

Meine eigene Chefin zu sein, befriedigte mich. Ich erwirtschaftete ein Monatseinkommen, von dem ich leben konnte, und das erst noch mit einer sinnvollen Tätigkeit. Ein Traum war in Erfüllung gegangen.

War ich nun an meinem Lebensziel angekommen? Konnte ich zufrieden sein mit dem Erreichten? Wollte ich bis zur Pensionierung diese Funktion ausüben? - Ich hinterfragte mich selbst immer wieder. Nie war ich mir mit der Antwort ganz sicher.

Reflektieren und philosophieren sind Charaktermerkmale, die zu mir gehören. Beim Sinnieren über meine Arbeit fiel mir auf, wie ausgelaugt ich mich fühlte, trotz reduzierten Pensums und hoher Arbeitszufriedenheit. Zuerst war mir nicht klar, aus welchem Grund. Doch mit der Zeit fiel mir auf, wie sehr mich die Einzelschicksale, die ich aus der Nähe miterlebte, emotional berührten. Das Thema «Nähe versus Distanz» drängte sich erneut in den Vordergrund. Da ich allein und nicht mehr in einem Team arbeitete, lastete die ganze pflegerische Verantwortung auf meinen Schultern. Diese nahm ich sehr ernst und steckte hohe Ziele. Mein Ehrgeiz, die bestmögliche Pflege anzubieten, liess mich meine eigenen Belastungsgrenzen teilweise ignorieren; die Verbesserung der Lebensqualität der KlientInnen stand für mich an erster Stelle. Um dies zu erreichen, investierte ich sehr viel Energie und wollte besonders kreativ und einfallsreich sein. Mir fiel nicht auf, wie sich langsam, aber kontinuierlich und subtil Erschöpfung anbahnte.

Ein Versuch, an einer Gruppensupervision teilzunehmen, stellte sich als ungenügend heraus und ich verpasste es, mich um individuelle Unterstützung zu kümmern. Ein Fehler, oder vielleicht einfach Schicksal.

Pflege und Politik

Zusätzlich zur konstanten emotionalen Belastung stressten mich die administrativen Arbeiten und insbesondere das komplizierte Tarif- und Abrechnungssystem. Nach der Übernahme eines neuen Auftrags führte ich ein Anamnesegespräch mit der Kundschaft durch, das der Feststellung des Pflegeaufwands diente. Ich erfasste dabei die zu erwartenden Pflegeleistungen gemäss Artikel 7 der schweizerischen Krankenpflege-Leistungsverordnung (KLV). Die Anzahl Minuten pro Tarif und Woche hielt ich in der Verordnung fest. Der höchste Tarif wird für Abklärung, Beratung und Koordination erstattet. Die Behandlungspflege inklusive Krisenintervention und die Grundpflege bilden die beiden anderen Tarifgruppen.

Die korrekte Einschätzung des minutengenauen Pflegeaufwands war schwierig, da sich der Bedarf schnell ändern konnte, beispielsweise durch ein wichtiges Detail, das beim Erstgespräch nicht erwähnt wurde. Die Pflegeverordnung sendete ich dem behandelnden Arzt oder der ÄrztInnen zur Unterzeichnung zu. Nachdem mir das Dokument retourniert wurde, erhielten die Krankenkassen und das Gesundheitsdepartement des Kantons jeweils eine Kopie. Änderten sich die Einsatzzeiten oder der Arbeitsauftrag, war ich verpflichtet die Anpassungen zeitnah durch die MedizinerInnen zu legitimieren - als ob ich nicht selbst kompetent genug gewesen wäre, den pflegerischen Bedarf, mein Fachgebiet, einzuschätzen.

Einmal monatlich verrechnete ich die Leistungen, getrennt nach PatientInnen, an drei verschiedene Leistungsträger. Die Krankenversicherer bezahlen einen fixen Beitrag an die Pflegeleistungen. Die Versicherten müssen sich ebenfalls in begrenztem Umfang beteiligen, in Form des Selbstbehalts. Die Restfinanzierung ist Aufgabe der Kantone und/oder der Gemeinden.

Dieses erweiterte Abrechnungssystem mit den Restkosten wurde entwickelt, nachdem die Behörden erkannt hatten, dass die Krankenkassenbeiträge die Pflegedienstleistungen finanziell nicht abdeckten. Das kann man zwar als Vorteil für uns bezeichnen, doch gleichzeitig entstand ein Zusatzaufwand: Ich war gezwungen, pro Person für jede Leistung zu drei verschiedenen Tarifen drei Rechnungen pro Monat zu versenden - ein schonungsloser Papierkrieg schlimmer als zu Napoleons Zeiten. Die Arbeitszeit, die ich dafür aufbringen musste, brachte mir nichts ein. Jeden Monat war ich mindestens einen halben Tag damit beschäftigt.

Dasselbe Spiel wiederholte sich im Bereich der Qualitätssicherung. Ich war verpflichtet, sämtliche erbrachten Leistungen nahtlos und gut messbar im Verlaufsbericht schriftlich festzuhalten. Die Pflegeplanung und die Verordnung mussten halbjährlich in einem Standortgespräch evaluiert und angepasst werden - wieder ein bis zwei Stunden Aufwand pro PatientIn.

Einmal jährlich erhielt ich vom Qualitätsprogramm des Berufsverbands die Vorgabe, eine Selbstevaluation auszufüllen. Sie umfasste 28 Kriterien mit Unterthemen. Der Kanton seinerseits verlangte das Ausfüllen eines Online-Qualitätsinstruments. Um ein vom Berufsverband anerkanntes Qualitätslabel zu erhalten, musste ich regelmässig am Qualitätstag teilnehmen und dreissig Weiterbildungsstunden pro Jahr nachweisen. Am Ende der Abrechnungsperiode bat uns das statistische Amt des Kantons, die detailliert erbrachten Leistungen während des vergangenen Jahres nach Altersgruppen und Tarifen zusammenzurechnen und in ein Computerprogramm einzutippen - eine mehrstündige Angelegenheit. Diese Daten wurden anschliessend vom Gesundheitsdepartement ausgewertet und bildeten die Grundlage zur Berechnung der Restkosten.

Die Zeit, die ich für Schreibarbeiten investieren musste, fehlte im direkten Kontakt mit den betreuten Menschen. Mir schien, die diesbezüglichen Relationen stimmten schon lange nicht mehr. Die Frage drängte sich auf, was wohl wichtiger sei: der Schein oder das Sein.

Einmal wurden meine Leistungen grundsätzlich infrage gestellt, da ich in einer Pflegesituation ausschliesslich das Case Management übernommen hatte, selbst aber keine Pflegedienstleistungen im klassischen Sinne durchführte.

In dieser Situation teilten zwei Kinder und eine befreundete Nachbarin die Pflege von Herrn A. unter sich auf. Dank des Einsatzes seiner Nächsten konnte der Mann weiterhin zu

Hause wohnen, trotz grossem Pflegeaufwand. Er litt unter einer starken körperlichen Behinderung und einer chronischen Angststörung. Bei jedem Toilettengang benötigte er fremde Hilfe. Die private Spitex hätte die Rund-um-die-Uhr-Betreuung nicht abdecken können; die Strukturen des Unternehmens liessen das nicht zu. Sie half hingegen punktuell bei der wöchentlichen Dusche, damit die Angehörigen davon entlastet wurden. In dieser Aufgabe fühlte ich mich - nebst der kontinuierlichen Beratung der Familie - zuständig für die reibungslose Koordination der Einsätze zwischen den Angehörigen, der Spitexorganisation, dem behandelnden Hausarzt und der Tagesstätte, die ebenfalls involviert waren. Die Informationen liefen alle bei mir zusammen. Zudem vertrat ich die Anliegen der pflegenden Kinder und der Nachbarin im Austausch mit dem Hausarzt und der Tagesstätte. Das half, die Familie zu entlasten. Daraufhin klappte die Betreuung ohne Schwierigkeiten – was zuvor nicht gelang - und alles lief rund.

Nach einigen Monaten bezahlte die Krankenkasse meine Leistungen plötzlich nicht mehr. Ich telefonierte mit der zuständigen Sachbearbeiterin. Sie teilte mir mit: Das «Case Management» dürfe gemäss dem Krankenversicherungsgesetz der Schweiz nicht exklusiv als pflegerische Leistung angeboten werden.

Erstens war mir das nicht bewusst gewesen, und zweitens - wenn dem so ist - deutet dies meiner Ansicht nach auf eine Gesetzeslücke hin, die ergänzt werden müsste. Beratung von pflegenden Angehörigen wurde in den Lehrbüchern eindeutig als pflegerische Aufgabe deklariert und führt in der Praxis zu guten Resultaten. Ich ging somit davon aus, dies gelte auch, wenn sie ohne Kombination mit anderen Leistungen angeboten wird.

Im weiteren Verlauf des Telefongesprächs erkannte ich dann den wahren Grund des Unmuts der Versicherung: Die zuständige Mitarbeiterin gab beiläufig zu bedenken, der ältere Herr würde im Pflegeheim die Versicherung finanziell weniger belasten. Mir war dieser Umstand bekannt, doch das durfte nicht der Grund sein für einen Eintritt in eine Pflegeinstitution. Ihm ging es im gewohnten häuslichen Umfeld dank der ambulanten Unterstützung gut.

Die Kantone bezahlen im jetzigen System für institutionalisierte Pflege proportional mehr an die Pflegeleistungen als die Krankenversicherer. Im ambulanten Setting tragen hingegen die Krankenkassen die finanzielle Hauptlast. Dieses Ungleichgewicht bestimmt schon seit Jahren die öffentliche, gesundheitspolitische Diskussion und erschwert allen medizinischen Dienstleistern die Umsetzung des Prinzips «ambulant vor stationär», was zu den im Beispiel beschriebenen Auswüchsen führt. Massnahmen zur Lösung des Problems wurden bisher keine ergriffen.

Die Haltung der Krankenkasse gegenüber Herrn A. fand ich unmenschlich: Sie verlangte den sofortigen Abbruch meiner Einsätze. Ich hatte keine Wahl und musste der Anweisung Folge leisten. Schweren Herzens erklärte ich den Angehörigen meine Lage. Sie waren sehr unglücklich darüber, zukünftig auf meinen Support verzichten zu müssen. Herr A. trat einige Wochen nach meiner Verabschiedung ins Pflegeheim ein - die Kinder und die Nachbarin hatten resigniert und keine Kraft mehr, ihn weiterzupflegen.

Aus ethischer Sicht wäre es offensichtlich die bessere Lösung gewesen, wenn der Mann weiterhin von seinen Angehörigen gepflegt worden wäre.

In einem anderen Fall vergütete ein Krankenversicherer nur den tiefsten Tarif – die Grundpflege - für meine Leistung, obwohl ich den nächsthöheren in Rechnung gestellt hatte. Meine Massnahme war eine Krisenintervention, da ich zwischen den Eheleuten in immer wiederkehrenden Konflikten schlichten musste. Selbst nach einem persönlichen Gespräch mit mir und der Prüfung meiner Unterlagen beurteilte die Versicherung die Leistungen nach wie vor als Grundpflege. Meine Argumente dagegen blieben erfolglos. Schliesslich gab ich nach, da ich keine weiteren zum Scheitern verurteilten Kämpfe ausfechten wollte. In den Netzwerken und auch vom Berufsverband erfuhr ich von der Häufung solcher Probleme mit eben dieser Versicherung. Der Verband setzte sich für rechtliche Streitigkeiten des Pflegepersonals mit Krankenversicherern ein.

Ich hätte die Möglichkeit gehabt, dank dieser Unterstützung mich juristisch zur Wehr zu setzen. Da es sich jedoch um keinen grossen Betrag handelte, liess ich es auf sich beruhen.

Im November 2017 entschied das Bundesverwaltungsgericht, dass wir diplomierten Pflegefachpersonen das Pflegematerial der Krankenkasse nicht mehr separat in Rechnung stellen dürfen. Die Versicherungen bezahlten in der Folge die von uns bei der Kundschaft angewendeten Pflegematerialien nicht mehr, die wir ihnen bis anhin direkt in Rechnung stellen konnten; es entstand ein finanzielles Vakuum.

Das Gericht vertrat die Meinung, die Auslagen müssten gemäss dem Gesetz in den Gesamtkosten der Pflegetarife enthalten sein, eine separate Rechnungsstellung verstosse gegen die gesetzlichen Auflagen. Im Alltag zeigten sich jedoch Probleme mit der Umsetzbarkeit, da manchmal der Preis für das Material höher war als der Betrag für die Arbeitszeit, den wir für den Pflegeeinsatz zur Anwendung der Produkte verrechnen konnten. Der Einsatz lohnte sich unter diesen Umständen aus ökonomischer Sicht gar nicht. Ein finanzielles Defizit der freiberuflichen Pflegefachpersonen war vorprogrammiert.

Das Bundesamt für Gesundheit, die Gesundheitsämter der Kantone, die Versicherungen und der Berufsverband der Krankenpflege trafen sich zur Problembesprechung. Die Verhandlungen dauerten mehrere Monate, in denen die Pflegefachpersonen ohne Lösung dastanden. Einige KollegInnen, die als WundexpertInnen gearbeitet hatten, mussten ihre freiberufliche Tätigkeit deswegen einstellen. Sie taten mir leid, genauso wie die betroffenen PatientInnen. Sie waren nun gezwungen, für gewisse komplizierte Verbände, die man ambulant hätte durchführen können, wieder ins Spital einzutreten. Nach einer gewissen Zeit gaben die Gesundheitsbehörden der meisten Kantone nach und bezahlten einen höheren pauschalen Restkostenbeitrag. Doch die Sache war noch nicht ausgestanden. Im Parlament fanden deswegen mehrere Kommissionssitzungen, drei Nationalratssitzungen und drei Ständeratssitzungen statt, in denen darüber diskutiert wurde, wer für die Kostenübernahme zuständig sei. Die Kantone und die Krankenkassen schoben die Verantwortung hin und her. Nach drei Jahren lag endlich ein vom Bundesrat überarbeitetes Krankenversicherungsgesetz vor. Im überarbeiteten Gesetzestext wurden die Krankenkassen verpflichtet, dieses Material den freiberuflichen Pflegefachpersonen direkt zu vergüten. Im Grundsatz hatte sich in der Praxis nichts geändert - was bereits seit Jahren ungeschrieben galt, war nun offiziell. Die ganzen Umtriebe und der Ärger für uns und die betroffenen PatientInnen waren umsonst gewesen.

Solche Geschichten bereiteten mir Mühe. Ich war enttäuscht von der Politik und die Regeln des Gesundheitswesens erschienen mir immer absurder. Der Mensch und seine Würde treten in den Hintergrund zugunsten ökonomischer Interessen. Die Arbeitsbedingungen in der Pflege verschlechterten sich seit Jahren, sogar Jahrzehnten; Kostendruck überall.

Natürlich: Das Gesundheitswesen muss zweckmässig und wirtschaftlich sein, damit es nachhaltig die Sicherstellung der Gesundheitsversorgung garantieren kann - das ist ethisch korrekt. Doch die zunehmende Kommerzialisierung schiesst am Ziel vorbei, denn damit werden die Gesundheitsinstitutionen reine Dienstleistungsbetriebe und Patienten zum Produktionsfaktor, das Mittel zur Gewinnmaximierung. Das darf nicht sein.

Mein Beruf hatte sich seit meinem Ausbildungsabschluss 1997 stark verändert. Nebst den gesundheitspolitischen Querelen führten die Reformen im Bereich der Ausbildung zu einem Dschungel von Abschlussbezeichnungen und -positionierungen. Die verschiedenen Berufstitel wurden mehrmals umbenannt, neu dem Bund zugeordnet und anders reglementiert. Man entschied sich dafür, alle Lehrgänge zusammenzuziehen und den Lehrplan zu vereinheitlichen. Teilweise führte dies zu Unsicherheiten in der Praxis. Wir Pflegenden diskutierten im Alltag öfter über unterschiedliche Kompetenzen und die damit verbundene korrekte Zuteilung der Arbeiten. Es war eine echte Herausforderung, den Überblick zu bewahren.

Mit der generalisierten Ausbildung stand es allen Diplomierten offen, in sämtlichen Bereichen der Pflege zu arbeiten. Die Einteilung in Kinder-, Säuglings-, allgemeine und psychiatrische Krankenpflege entfiel. Um heute ein gleichwertiges Diplom, das der Pflegefachperson HF, zu erlangen, benötigt man sechs Jahre Ausbildungszeit. Das ist doppelt so lange wie meine eigene Ausbildung. Viele lernen jetzt zuerst den Beruf Fachfrau/- mann Gesundheit (EFZ), vormals Fachangestellte Gesundheit FaGe, und erhalten nach drei Jahren ein Fähigkeitszeugnis. Das befähigt zum Antritt einer Stelle vorzugsweise in der Langzeitpflege. Um komplexe Pflege ausführen zu dürfen und entsprechend entlöhnt zu werden, müssen Studierende anschliessend weitere drei Jahre lang die Fachhochschule besuchen. So gesehen hatte ich Glück, da meine Generation sich dank der Berufserfahrung, ohne Zusatzabschluss mit der neuen Berufsbezeichnung «Pflegefachfrau HF» registrieren lassen konnte.

Seit den 2000er-Jahren ist es zudem möglich, Pflege an der Universität zu studieren. Das war eine lang ersehnte Errungenschaft meines Berufsstands.

Mit der Zuständigkeit des Bundes wurden die Abschlüsse der Sekundarstufe II und dem tertiären gesamtschweizerischen Bildungsweg zugeordnet. Das schien mir eine gute Innovation zu sein. Etwas kritischer sah ich einen anderen Punkt. Fachfrauen/- männer Gesundheit (EFZ), die mehrheitlich in der Langzeitpflege arbeiten, erhalten weniger Lohn im Vergleich zu diplomiertem Pflegefachpersonal. In den meisten Pflegeinstitutionen der Langzeitpflege sind die Fachfrauen/-männer Gesundheit heute in der Überzahl. Das Pflegefachpersonal HF hatte man in diesen Betrieben aus Kostengründen auf ein Minimum reduziert, die Personalschlüssel entsprechend angepasst. In der Folge wurde pro Schicht und Abteilung oft nur noch eine Pflegefachperson eingeplant. Früher besassen wir auf einer Abteilung fast alle den Abschluss in diplomierter Krankenpflege, also den heutigen Tertiärabschluss. Mir scheint, die Politik habe durch diese Anpassung der Lehrgänge unbemerkt einen Lohnabbau für die insgesamt erbrachte Arbeit aller Pflegenden erwirkt. Zudem wurde in den letzten Jahrzehnten, gemessen am Bedarf, in der Schweiz generell in diesem Bereich zu wenig Personal ausgebildet. Stattdessen hat man viele GrenzgängerInnen und ausländisches Fachpersonal aus Drittstaaten eingestellt, die heute in ihren Ursprungsländern fehlen.

In der Pflegeinitiative sah ich einen Hoffnungsschimmer. Sie wurde am 17. Januar 2017 lanciert und ich half beim Sammeln von Unterschriften. Im November desselben Jahres wurde die Initiative bei der Bundeskanzlei eingereicht. Ich beteiligte mich an einer Werbeaktion des Berufsverbands (SBK) am städtischen Bahnhof, um auf die Anliegen der Initiative aufmerksam zu machen. Wir verteilten kleine Wundpflaster mit dem Logo des SBK und einem Aufruf zur Unterstützung unserer Anliegen. Die Vorlage verlangte, dass der Bund dafür sorgen sollte, entsprechend dem zunehmenden Pflegebedarf genügend Personal auszubilden, als effektive Bekämpfung des Pflegenotstands.

Die Initiative forderte auch eine Verbesserung der Arbeitsbedingungen und die Einführung gesetzlicher Vorgaben für genügend Mitarbeitende auf den Arbeitsschichten.

Freiberufliche Pflegefachpersonen sollten pflegerische Standardleistungen zukünftig selbst verordnen dürfen und der Lohn der Pflegefachpersonen würde bei einer Annahme der Initiative an der hohen Verantwortung und der grossen Arbeitslast gemessen werden.

Leider negierte der Bundesrat damals den Pflegenotstand und lehnte die Initiative ohne Gegenvorschlag ab. Unser Berufsverband protestierte empört. Kurz darauf fand eine Anhörung des Initiativkomitees vor der Kommission für soziale Sicherheit und Gesundheit des Nationalrats (SGK-N) statt. Die SGK-N hatte im Gegensatz zum Bundesrat Handlungsbedarf erkannt. Sie nahm daraufhin eine Kommissionsinitiative als indirekten Gegenvorschlag zur Pflegeinitiative an. Am

17. Dezember 2019 stimmte auch der Nationalrat für den Gegenvorschlag. Der Ständerat kürzte die Vorlage allerdings weiter. Die Forderungen der Pflegenden wurden darin stark abgeschwächt. Wir Betroffenen fühlten uns nach wie vor nicht ernst genommen. Der SBK entschied daraufhin, die Initiative dem Volk zur Abstimmung vorzulegen.

Die öffentliche Debatte der letzten Jahre zum Gesundheitswesen zeigte mir, wie sehr unser Dienst an der Allgemeinheit in der Gesellschaft unterschätzt wird. Medienbeiträge zum Thema wurden mehrheitlich von der Diskussion um steigende Kosten dominiert. Von Pflegequalität, ethischen Werten, dem gesellschaftlichen Umgang mit der alternden Bevölkerung hörte man wenig. Sogar der positive Aspekt des Sparpotenzials durch den möglichst langen Verbleib gebrechlicher Menschen zu Hause kam kaum zur Sprache. Das muss und wird sich hoffentlich dank dem Sieg an der Urne ändern.

Abschied und Ausblick

Das Jahr 2020 wurde von der WHO zum internationalen Jahr der Pflegefachpersonen und der Hebammen erklärt. Der International Council of Nurses (ICN), die internationale Vereinigung der Pflegenden, wollte der Öffentlichkeit aufzeigen, wie unverzichtbar die Pflegefachpersonen in allen Gesundheitsfragen sind. Doch es kam ganz anders als geplant.

Ende 2019 brach die Corona-Pandemie in der chinesischen Stadt Wuhan aus. Sie erfasste innert weniger Wochen die ganze Welt. Bereits im Februar wurde das Virus das erste Mal in Italien nachgewiesen - nur einige Tage später gab es den ersten offiziellen Fall von Sars-CoV-2 an meinem Wohnort. Leider wurden die ersten Ausbrüche in China vertuscht und auch die WHO rief viel zu spät den globalen Notstand aus.

Der Ausbruch der Krise bei uns traf mich voll ins Mark. Ich geriet in ein Dilemma: Als Pflegefachfrau fühlte ich mich verantwortlich, meine PatientInnen zu schützen und ihnen die gewohnte Pflege zukommen zu lassen.

Gleichzeitig war ich durch die ambulante Arbeit mit vielen Menschen in Kontakt. Dadurch erhöhte sich mein Ansteckungsrisiko. Mein Lebenspartner und meine Eltern gehörten zur gefährdeten Personengruppe. Ich wollte unbedingt verhindern, dass ich das Virus an sie weitergebe. Kurz vor der Pandemie hatte ich mich trotz Maske zweimal bei PatientInnen mit Grippeviren angesteckt - das verunsicherte mich zusätzlich. Ich wusste nicht, wie ich mit der Situation umgehen sollte.

Für uns Pflegende in der ambulanten Versorgung gab es zu diesem Zeitpunkt kein adäquates Schutzmaterial. Nebst den FFP2-Masken fehlten Desinfektionsmittel und Schutzkleidung. Der Bund hatte nicht genügend vorgesorgt. Das Bundesamt für Gesundheit (BAG) vermeldete indes in der öffentlichen Pressekonferenz vom Bund, Masken würden nicht helfen gegen die Verbreitung des Virus. Das war nach heutigem Wissensstand eindeutig falsch.

Ungefähr einen Monat nach Ausbruch der Corona-Krise in der Schweiz trat einer meiner Patienten, dessen Betreuung relativ aufwendig war, in ein Pflegeheim ein. Die Infektionszahlen stiegen weiter an, mein Unwohlsein ebenso. So entschied ich, mich vorübergehend aus der ambulanten Pflege zurückzuziehen und für die verbliebenen Kunden eine Vertretung zu suchen. Dies tat ich ohne Wehmut. Die dreiundzwanzig Berufsjahre in der Pflege haben mich viel Kraft gekostet. Der Zeitpunkt war reif für einen neuen Lebensabschnitt.

Der Pflegeberuf ist ein schöner und bedeutungsvoller Beruf. Doch leider gibt es zu viele Faktoren, die eine erfüllte Ausübung verhindern und damit der Tätigkeit ihren Sinn entziehen. Ein zentrales Anliegen von uns Pflegefachpersonen, ist den Heilungsprozess von Betroffenen so gut wie möglich fachlich und empathisch zu unterstützen. Das hat sich in den bestehenden Strukturen jedoch als zunehmend schwierig herausgestellt.

Ausführliche Beratungen, Koordinationsaufgaben oder Innovationen unsererseits haben keinen Platz mehr, die tägliche Arbeit beschränkt sich immer mehr auf die Symptombekämpfung; besonders stark davon betroffen ist der Altersbereich. Das führt unweigerlich zu Frustration, Erschöpfung, Resignation und schliesslich bei vielen qualifizierten Pflegefachleuten zur Aufgabe des ehemaligen Traumberufs. Auch ich konnte mir nicht mehr vorstellen, ein krankes System, das nur noch auf Gewinn ausgerichtet ist, weiterhin mit meiner Arbeitskraft zu unterstützen.

Ich empfinde eine grosse Liebe zu allem Lebendigen. Deshalb war es ein Geschenk, im Beruf im Austausch mit den unterschiedlichsten Individuen zu stehen, ihre Lebensgeschichten zu erfahren und nicht selten etwas davon zu lernen. Ich konnte durch meinen Einsatz viele Menschen begleiten, sie in schwierigen Momenten unterstützen und ihnen helfen, ihr Leiden zu lindern. Solidarität war mir immer ein wichtiges Anliegen - sie tagtäglich zu leben eine wundervolle Erfahrung.
Müsste ich ein Ereignis meiner Laufbahn als das schönste bezeichnen, würde mir das nicht gelingen, denn es waren hunderte, kleine Erlebnisse und Begegnungen, die alle zählen. Die wunderbarsten Erfahrungen waren für mich, mit Betroffenen zusammen zu lachen, einander Vertrauen zu schenken oder eine Gemeinsamkeit zu entdecken, die verbindet.

Nie habe ich aufgehört, mich selbst und mein Handeln zu hinterfragen und mich ständig weiterentwickelt. Dank des Berufs gelingt es mir heute besser und schneller, Schweres zu verarbeiten und danach das Leben zuversichtlich weiterzuleben.

Ich bereue nichts.

Wie sollte es nun aber konkret in meinem Leben weitergehen? Die weltweite Klima- und die Flüchtlingskrise spitzten sich zu. Erneute Pandemien, ein Nuklearkrieg, das Entgleiten der Kontrolle der künstlichen Intelligenz und vieles mehr schwebten wie ein Damokles-Schwert über der Zukunft, und tun dies immer noch.

Ich wollte den Tatsachen in die Augen schauen, die Gefahren ernst nehmen und beschloss, meine neue Beschäftigung ganz der Entwicklung von Nachhaltigkeit zu widmen. Dieses Thema interessierte mich nach wie vor und die effektive Umsetzung in meinem Lebensalltag war bisher unerfüllt geblieben.

Auf der Suche nach Inspiration, unter anderem in der Literatur, fand ich mehrere Hinweise, wie ich vorgehen könnte.

Die Ideen von Frau Prof. Dr. Maja Göpel, einer Politökonomin, Transformationsforscherin und Verfasserin des Bestsellers «Unsere Welt neu denken» fand ich herausragend. Sie sagt: «Zur Bewältigung der heutigen ökologischen und sozialen Herausforderungen, wie beispielsweise dem Klimawandel, braucht es neue politisch und demokratisch gesetzte Rahmenbedingungen, damit kreative, kollaborative und adaptive

Transformation ermöglicht wird.» Ausserdem glaubt sie an die Kraft transdisziplinärer Ideen. Das empfand ich genauso.

Ich war und bin mir sicher: Ein grundlegender Systemwandel würde viele Menschen von Alltagszwängen befreien. Depressionen, Suchtkrankheiten und Zukunftsängste könnten sich zurückbilden. Die Freiheit, ihr Leben zu grossen Teilen selbst zu gestalten, gäbe der Bevölkerung und somit jedem Einzelnen wieder viel mehr Sinn, mehr Lebensqualität, eine bessere Gesundheit und mehr Raum für Liebe.

Ich hoffe allerdings, mit diesem Satz nicht die Esoterik-KritikerInnen vertrieben zu haben - denn mit Spiritualität, die durchaus ihre Berechtigung besitzt, hat das Ganze nichts zu tun, sondern vielmehr mit zu Ende gedachtem Pragmatismus.

Ich nahm mir vor, mich aktiv für das bedingungslose Grundeinkommen einzusetzen, denn dieses verändert Rahmenbedingungen und könnte aus meiner Sicht viel dazu beitragen, Innovationen und die Kreativität von Menschen zu fördern. Pioniere mit neuen Ideen könnten ihrer Projekte einfacher realisieren, die Abhängigkeit von bestehenden Strukturen reduziert sich. Dadurch wäre es der Gesellschaft als Ganzes eher möglich, die Zukunft immer wieder neu zu gestalten.

Gleichzeitig setzte ich mir zum Ziel, mit eigenen Projekten - wie beispielsweise dem Schreiben von Büchern - zur Entwicklung von nachhaltiger Pflege beizutragen.

Als Stimmbürgerin beteilige ich mich seit jeher am politischen Prozess und setze mich für ökologische und soziale Anliegen ein. Das wollte ich weiterhin tun.

Zudem liess ich mich überzeugen vom Vordenker, Prof. Dr. Niko Paech, Volkswirt und Erfinder des Begriffs «Postwachstumsökonomie» und Verfasser des Buchs «Befreiung vom Überfluss». Sein Konzept greift viele Aspekte aus meinem Studium für Nachhaltige Entwicklung wieder auf. Er beschreibt eine stabile Wirtschaft ohne Wachstum, in der die Menschen nur noch halb so viel Erwerbsarbeit leisten und weniger konsumieren.

1. Eine neu gewonnene Genügsamkeit jedes einzelnen Menschen. Weniger konsumieren, Dinge länger verwenden, reparieren, teilen und mehrfach nutzen.

2. Frei gewordene Arbeitszeit, die die Selbstversorgung in gewissen Lebensbereichen reaktiviert, zum Beispiel mit Gartenarbeit, selbst kochen, Handarbeiten, soziales Engagement und vieles mehr.

3. Eine starke Regionalökonomie: regionale Märkte, verkürzte Wertschöpfungs- und Transportwege, Regionalwährungen. Das örtliche Gewerbe wird dadurch gestärkt, unterstützt durch eine Boden- und Geldreform.

4. Eine internationale Ökonomie für möglichst nachhaltige Produkte, bei denen es sich nicht lohnt, sie regional zu produzieren.

Kritiker werden einwenden, das sei alles utopisch. Freiwillig würde doch niemand sich umstellen wollen. Wachstum bedeute nicht nur materielles Wachstum, sondern auch qualitatives Wachstum. Wettbewerb sei sinnvoll, um Qualität zu steigern…

Diesen Personen möchte ich sagen: Utopisch ist erwiesenermassen die jetzige Wirtschaftsweise, da sie unerschöpfliche Ressourcenvorkommnisse voraussetzt. Das entspricht nicht der Realität - die Rohstoffe unseres Planeten sind begrenzt.

Diesem Konzept folgend, begann ich mit der Suche nach geeigneten Formen von Selbstversorgung und lernte dabei die Permakultur kennen.

In dieser Weltanschauung werden natürliche Ökosysteme und Kreisläufe genau beobachtet und nachgeahmt. Permakultur entspricht einer ökologischen, nachhaltigen Lebensweise respektive -philosophie und ist inzwischen weltweit in alternativen Kreisen verbreitet. Diese erfolgreiche Methode von kleinräumiger, manueller Landwirtschaft erhält die natürliche Biodiversität und schützt wiederum dadurch das Klima, indem unter anderem keine fossil betriebenen Maschinen und Geräte eingesetzt werden.

In Europa wird Permakultur in privaten Hausgärten ebenso wie auf mittelgrossen Bauernhöfen praktiziert. Sepp Holzer, ein österreichischer Bergbauer aus dem Maderanertal, gehörte zu den Permakultur-Pionieren. Er hatte es geschafft, auf

1500 Meter über Meer Trauben und Kiwis zu züchten. Ich war fasziniert.

Entsprechend nahm ich das Thema im Sinne einer Weiterbildung sehr ernst und begann mich in das Wissen einzuarbeiten. Ich verschlang alle Bücher die ich dazu fand. Auf YouTube schaute ich mir Tutorials von Gartenfachpersonen an, die die Grundsätze der Permakultur an praktischen Beispielen erklärten. Andere Beiträge handelten von Selbstversorgern, denen es gelungen war, ihren Grundbedarf auf diese Weise zu decken.

Ich war begeistert von einem solchen Leben in und mit der Natur und nahm mir vor, zukünftig meine Nahrungsmittel so gut wie möglich selbst zu produzieren. Dabei würde ich auf Konservierungsstoffe verzichten, mich gesund ernähren und gleichzeitig Geld sparen können. Denn wächst das Gemüse und Obst im eigenen Garten, fällt ein wichtiger Budgetposten weg.

Wie würde der moderne Mensch das wohl nennen? Vermutlich Win-Win-Win Situation!

Ich begann also, einen Permakultur-Selbstversorgergarten zu planen. Dazu benötigte ich mindestens tausend Quadratmeter Land - diese Fläche würde ausreichen, um die Nahrung für eine Person anzubauen. Getreide, Nüsse, Öl, Pilze: Fast alles könnte in unseren Breitengraden selbst produziert werden. Meine Suche im Internet nach geeignetem Landwirtschaftsland blieb bisher allerdings erfolglos.

Einen Freizeitgarten in der Stadt zu pachten wäre eine andere Option gewesen. Diese Parzellen sind jedoch klein, ihre Miete verhältnismässig teuer, und es gibt unglaublich viele Regeln, die mich abschreckten, wie der Eukalyptus-Duft die Mücken. Vorerst liess sich dieser Plan anscheinend nicht realisieren.

Stattdessen gestaltete ich meinen Balkon um. Das verschaffte mir die Gelegenheit, trotzdem vieles über Pflanzen zu lernen. Anstatt Blumen setzte ich Gemüse, Beerensträucher und Kräuter in meine Pflanzgefässe. Ich achtete darauf, das ganze Jahr Salat ernten zu können. Rucola, Portulak und roter Chicorée eigneten sich sehr gut für den Winter. In mittelgrossen Töpfen pflanzte ich Krautstiel, Radieschen, Peperoni und Knoblauch in Pflanzengemeinschaften. Zuletzt fanden Erdbeerstauden noch einen freien Platz in den Balkonkästen - sie sind mehrjährig und ich kann die Blätter für Tee verwenden. Ich kaufte mir drei stapelbare Kisten mit Deckel. Damit baute ich einen Wurmkompost. Meine Grünabfälle aus der Küche werden nun auf diese Weise entsorgt. Aus den Gemüse- und Obstresten entsteht mithilfe der fleissigen Tierchen innerhalb weniger Monate frischer Kompost, den ich wiederum für die Obststräucher verwenden kann.
Ich hatte einen Kreislauf zwischen der Nahrung, den Grünabfällen, der Erde und den Pflanzen geschaffen. Der Inhalt meines Abfallsacks schrumpfte merklich; ein unglaublich gutes Gefühl!
Der Umwelt zuliebe wollte ich aber noch mehr an meinen bisherigen Routinen verändern.

Beim Einkauf achtete ich fortan darauf, möglichst unverpackte Produkte und nur solche aus regionaler Herkunft zu wählen. Ich fing an, viele meiner Kosmetika selbst herzustellen. Die herkömmlich gekauften Kosmetikprodukte ergeben eine Menge Plastikmüll - diesen kann ich jetzt vermeiden.

Ich brachte mir das Konservieren von Obst und Gemüse bei.

Auf dem Bauernhof hole ich frische Milch, um Frischkäse und Jogurt herzustellen - fast so wie meine Urväter und -mütter die Bergbauern.

Selbstverständlich bereite ich meine Mahlzeiten täglich frisch zu. Das Biogemüse bestelle ich direkt beim regionalen solidarischen Landwirtschaftsbetrieb. Ich erhalte wöchentlich einen Korb voller verschiedener Gemüse und eine Packung Eier. Das ist wie an Weihnachten: Ich weiss nie, was ich geliefert bekomme, denn es sind immer Produkte, die gerade erntereif sind – jedes Mal eine Überraschung. Der kurze Transportweg, der Verzicht auf Verpackungsmaterial, die Saisonalität der Produkte und die fairen Arbeitsbedingungen der Mitarbeitenden auf dem Hof tragen in mehrfacher Hinsicht zur Nachhaltigkeit bei und passen ganz zum vorgestellten Konzept von Niko Paech.

Nur selten esse ich Fleisch, und wenn doch, dann biologisches. Mir ist bewusst, wie sehr der Fleischkonsum, zusammen mit der Industrie und dem Verkehr, zum CO_2-Ausstoss beiträgt. Das möchte ich nebst dem Tierwohl unbedingt berücksichtigen.

Generell kaufe ich nur noch so viel ein, wie ich verbrauchen kann, und kontrolliere regelmässig die Ablaufdaten. Keine Lebensmittel verderben, unnötiger Food Waste bleibt aus.

Manches praktiziere ich schon seit Jahren ganz selbstverständlich: Ich kaufe nur Kleider aus Secondhand-Geschäften und das höchstens zwei bis drei Mal pro Jahr. In der Regel trage ich über Jahrzehnte dieselbe Ausstattung einfach unterschiedlich kombiniert, mal klassisch-elegant, mal peppigbunt, aber meistens intuitiv zusammengestellt, je nach Lust und Laune.

Strom zu sparen bin ich seit der Kindheit gewohnt.

Geht im Haushalt etwas kaputt, versuche ich es zu reparieren oder überlege zweimal, ob ich einen Ersatz tatsächlich brauche. Beim Neukauf eines Produkts suche ich zuerst in einem Brockenhaus oder in einer Internetbörse, ob ich eine Occasion finde.

Die Heizung setze ich sparsam ein, und nicht zuletzt habe ich beschlossen, zukünftig auf Reisen mit dem Flugzeug konsequent zu verzichten.

Die Mittel, etwas zur nachhaltigen Entwicklung beizutragen sind vielfältig, meine Liste noch nicht einmal vollständig.

Diese Lebensweise vermittelt mir Hoffnung, denn ich kann mit meinem Verhalten etwas Konkretes bewirken. Die Umstellung meines Konsumverhaltens war und ist kein Verzicht, sondern vielmehr eine Steigerung an Genuss. Dank mehr Sinnhaftigkeit, dem bewussteren Verzehr von gesunden

Lebensmitteln und der Freude an Kreativität fühle ich mich lebendiger und ausgeglichener.

Ich bin überzeugt, auch der Wandel innerhalb der Gesellschaft hat bereits still und leise begonnen, wie die langsame Verwandlung einer Raupe zum Schmetterling.

Längst bin ich nicht die Einzige, die die Vorteile der modernen Errungenschaften mit einem alternativen Leben und Aspekten der Selbstversorgung kombiniert. Ich kenne die weltweite «Transition-Town»-Bewegung, das globale «Ecovillage-Netzwerk» und «Urban-gardening»-Vereine, die das gemeinsame Gärtnern wiederentdecken, um nur einige zu nennen, die denselben Weg gehen.

In der politischen Diskussion ist das Thema Klimaschutz omnipräsent, und die Klimajugend «Friday's for Future» demonstriert regelmässig auf der Strasse. Das sind deutliche Indizien für einen neuen Trend - ein Dämpfer für die Wachstumsphilosophie der neoliberalen Wirtschaftskreise.

Der unbegrenzte Handel und der Anbau von Monokulturen, wird irgendwann nicht mehr weiterbestehen können, dessen bin ich mir sicher. Im besten Fall wird sich stattdessen die Natur dank kleinräumiger Prozesse und ökologischer Lebensmittelproduktion regenerieren.

Alles scheint zusammenzupassen. In den Köpfen fängt sich etwas an zu verändern: Der Schmetterling wird schon bald schlüpfen und in seine Schönheit zum Vorschein kommen. Das erfüllt mich mit Zuversicht.

Sinn-Suche

Hatte ich damit nun den Sinn meines Lebens gefunden?
Sinnfindung ist ein individueller Prozess, dem unterschiedliche Werte zugrunde liegen. Es gibt so viele Antworten, wie es Menschen gibt; jede/r kann sie sich nur selbst geben.

Immer, wenn ich glaubte, den Sinn meines Lebens gefunden zu haben, änderte er sich wieder. Das erklärt, so schien mir, weshalb ich Mühe hatte, mich auf etwas festzulegen. Ich folgerte daraus, mich mit Antworten begnügen zu müssen, die für den jeweiligen Moment gelten.

Welchen Sinn erkannte ich nun also aktuell in meinem Leben? Nach einer intensiven Zeit des Nachdenkens gelang es mir, meine Bestimmung in Worte zu fassen: Ich wollte einen auf meine Möglichkeiten begrenzten, grösstmöglichen Beitrag an die Rettung und Gesundung des Planeten und zur Schaffung einer friedlichen Welt leisten. Humanistische und holistische Werte sollten mir als Grundlage dienen. Letztlich spielt es keine grosse Rolle, wie und mit welchen Mitteln ich dies bewerkstellige, es gibt viele verschiedene Möglichkeiten dies zu erreichen.

Da ich nicht Tina Turner und auch nicht Mahatma Gandhi bin, kann ich keine Popsongs schreiben und nicht auf viele

Jedes Lebewesen hat seine Existenzberechtigung. Die Menschen haben einen Lebensstil gefunden, in Harmonie mit der Natur zu leben. Sie begreifen sich als natürliche Wesen, die sich in die Zyklen der Natur einfügen, und erkennen, wie sehr sie selbst Teil davon sind. Ihnen ist bewusst, wie alles Lebendige nur vernetzt und im Austausch miteinander existieren kann. Sie realisieren mit all ihren Sinnen, wie abhängig sie vom Sauerstoff der Bäume, von der Nahrung durch Pflanzen und von sauberem Trinkwasser sind. Das Wissen der ökologischen Zusammenhänge wird Bestandteil des kollektiven Bewusstseins. Das «Wood Wide Web» - das Kommunikationssystem zwischen Pflanzen, Pilzen und Tieren - ist ein gutes Beispiel dafür.

Eine Person verbraucht nur so viel Material und Nahrung, wie sie zum Leben braucht. Die meisten Artikel des täglichen Bedarfs stammen aus regionaler Produktion. In den Städten sind die Quartierstrassen voller Blumen und Grünflächen, Kinder spielen ohne Gefahr. Nachbarn kennen sich und gehen respektvoll und solidarisch miteinander um. Die Stadt- und die Landbevölkerung rücken wieder näher zusammen.

In dieser Vision sind alle Völker miteinander versöhnt. Die Schätze, die der Planet in sich birgt, werden geteilt. Ein grosser natürlicher Kreislauf von Geben und Nehmen zwischen allen Lebewesen und den Organismen ist entstanden; Verluste gibt es keine mehr. Erneuerbare Rohstoffe wachsen rechtzeitig nach, fossile Brennstoffe gehören der Vergangenheit an; die Erderwärmung wird gestoppt.

Die Weltmeere und die Luft reinigen sich mit der Zeit von selbst. Der Urwald bleibt bestehen, wächst nach und spendet genügend Sauerstoff zum Atmen. Die Biodiversität weltweit erholt sich. Fische gibt es wieder in Hülle und Fülle, die unglaublich schönen Korallenriffe bleiben erhalten. Die Erde ist fruchtbar und die gesamte Weltbevölkerung hat Zugang zu gesunden Lebensmitteln. Die Menschheit versöhnt sich und wird eins mit dem Planeten und dem Universum.

AnhängerInnen zählen. Mein Handeln bleibt auf das begrenzt, was ich aus meiner Geschichte mitbringe: die Herkunft, den Bildungsstand und die Psyche; doch damit lässt sich allemal etwas machen.

Bei der Suche nach realistischen Zielen für den Alltag orientiere ich mich an der Vision einer idealen Welt.

(vgl. Kasten S. 208)

Mit dieser Vorstellung im Kopf suche ich immer wieder neu nach meinem Platz im Gesamtbild.

Durch die Umstellung meines Konsums und meines Verhaltens trage ich zum Schutz der Natur bei und rücke so ein Stück näher an die beschriebene Vision heran, und damit an den Kern meines Lebenssinns.

Das klingt alles schön und einfach, doch wie so oft, trügt der Schein.

Es gibt leider auch beunruhigende Entwicklungen in der Gesellschaft, die den Glauben an eine positive Zukunft erschweren.

Die steigende Zahl immer schamloserer, grober und nationalistischer Beiträge im Internet oder sogar auf der Strasse ist bedenklich. Die Umweltkatastrophen, Kriege und Hunger sind allgegenwärtig und spitzen sich zu. Wir leben in einer aufgeheizten Zeit mit vielen Gefahren.

Mir scheint, die Weltgemeinschaft steckt bereits in einem grundlegenden Wandel. Die Coronapandemie beschleunigt dies zusätzlich.

Diese Krisen werden langfristig zu einem neuen Bewusstsein in der globalen Gesellschaft führen, davon bin ich überzeugt. Dank immer mehr mutigen Personen mit Zivilcourage, die sich gegen die destruktiven und zerstörerischen Kräfte einsetzen, wird sich das Blatt irgendwann wenden.

Optimistisch glaube ich an die Evolution, an das Gute im Menschen und an eine Welt, in der sich langfristig die gemeinsamen globalen Werte und Ziele durchsetzen. Darin werden die Menschenrechte geschützt und der Grundbedarf der ganzen Weltbevölkerung gedeckt sein. Alle ErdenbürgerInnen haben ein Bedürfnis nach Respekt, Gerechtigkeit, Ehrlichkeit, einem liebevollen Miteinander, Freude am Leben, persönlicher Entwicklung und Selbstbestimmung in Freiheit.

Die grossen Weltreligionen propagieren im Grunde dieselben eben genannten Grundsätze:

Konfuzius (ca. 551-489 v.u.Z.):
Was du selbst nicht wünschst, das tue auch nicht anderen Menschen an. (Gespräche 15,23)

Rabbi Hillel (60 v.u.Z. – 10 n.u.Z.):
«Tue nicht anderen, was du nicht willst, dass sie dir tun.» (Sabbat 31a)

Jesus von Nazareth:
«Alles, was ihr wollt, das euch die Menschen tun, das tut auch ihr ihnen ebenso.» (Mt 7.12; Lk 6,31)

Islam:

«Keiner von euch ist ein Gläubiger, solange er nicht seinem Bruder wünscht, was er sich selber wünscht.» (40 Hadithe von an-Nawawi 13)

Buddhismus:

«Ein Zustand, der nicht angenehm oder erfreulich für mich ist, ist es auch nicht für ihn; und ein Zustand, der nicht angenehm oder erfreulich für mich ist, wie kann ich den einem anderen zumuten?» (Samyutta Nikaya V, 353.35-354.2)

Hinduismus:

«Man sollte sich gegenüber anderen nicht in einer Weise benehmen, die für einen selbst unangenehm ist; das ist das Wesen guten Verhaltens.» (Mahabharata XIII. 114.8)

Diese Werte könnte man auch universale Weisheiten nennen. Ich finde ihre Einhaltung schulden wir uns gegenseitig. Es ist offensichtlich, wie ähnlich sich die Völker und Nationen eigentlich sind. Der Fokus aller müsste doch auf das Verbindende, nicht auf das Trennende ausgerichtet sein.

Kleine Kinder sind in ihrem Wesen unvoreingenommen. Darin liegt das Potenzial, bereits in der frühen Erziehung ein Umdenken zu bewirken. Gelingt es, den Jüngsten die oben erwähnten globalen Werte beizubringen, dann glaube ich wäre der wichtigste Grundstein für eine friedliche Gemeinschaft gelegt.

Die heutigen Jugendlichen wachsen mit dem Internet auf. Sie sind gedanklich global vernetzt. Sie sammeln ihre Informationen aus verschiedenen Quellen, die manchmal nicht eindeutig einer gewissen Weltanschauung zuzuordnen sind. Dadurch werden sie freier im Denken. Ich vermute es gelingt ihnen eher als den Generationen zuvor, sich ein Bild einer konfliktfreien, vereinten Menschheit in einer intakten Natur vorzustellen.

Das schliesst nicht aus, dass Religions- und ethnische Zugehörigkeiten, Gehorsam, Loyalität, Vernunft, Fleiss und Ordnung weiterhin Bestand haben. Diese werden jedoch hoffentlich irgendwann den globalen verbindenden Werten untergeordnet.

Selbstverwirklichung bleibt innerhalb dieser Grenzen weiterhin möglich, denn das Leben ist nicht nur interessant, wenn man Aussergewöhnliches unternimmt, sondern auch dann, wenn man das Aussergewöhnliche im täglichen Leben erkennt und selbst etwas daraus macht – das kann ich aus eigener Erfahrung bestätigen.

Da wir nicht wissen, wann wir sterben werden, betrachten viele das Leben als unerschöpflich, und doch geschieht alles nur einmal. Schaffen wir hingegen etwas für kommende Generationen, dann wirkt das bis in die Unendlichkeit! Wir Menschen sind zu moralischer Einsicht fähig, das unterscheidet uns von der Pflanzen- und Tierwelt und führt zur Pflicht, der Natur und allen Lebewesen gegenüber Sorge zu tragen. Das Glück der anderen ist auch unser Glück. Zusammen sind wir am glücklichsten.

«Es ist nicht die Strenge, die dich dorthin bringen wird, wo du hinmöchtest,
es ist nicht die Askese, nicht das Leiden, nichts von dem,
was du glaubst, verstanden zu haben.
Es ist die Würde, der Duft, der von der Kraft der Liebe kommt.»

Ein Schamane vom Volk der Si
(Aus dem Buch «Die Weisheit Lateinamerikas, Tag für Tag» Danielle und Olivier Föllmi)

Pflege - das unterschätzte Potenzial

Auch der Bereich der Pflege wird sich in Richtung mehr Nachhaltigkeit entwickeln müssen, zum Beispiel indem die Arbeitsbedingungen dem Personal, das seit Jahren aktiv den Beruf ausübt, erlauben gesund zu bleiben und die Freude an der täglichen Arbeit zu bewahren.

Meine KollegInnen und ich haben einst den medizinisch betreuerischen Beruf gewählt, weil wir an Werte und an Mitmenschlichkeit glauben. Diese intrinsische Motivation des Pflegefachpersonals muss erhalten und gefördert werden; das ist die wichtigste Voraussetzung für gute Pflegequalität und somit ausgesprochen nachhaltig.

Man könnte jetzt sagen, die Vorstellungen des Pflegefachpersonals seien unrealistisch, übertrieben, wir wären nicht bereit, unsere eigenen Schwächen zu sehen etc. Doch worum geht es eigentlich bei dieser Diskussion? Es geht letztlich um die Würde, die wir als Gesellschaft alten, gebrechlichen und kranken Menschen zugestehen.

Durch Beobachtung, Kenntnissen zur Person und Wissen zum Krankheitsbild können wir Pflegefachpersonen rechtzeitig Veränderungen im Zustand eines betreuten Menschen erkennen und richtig handeln. Wir beugen vor, helfen heilen und unternehmen alles, um negative Begleiterscheinungen von Krankheit sowie Spitalaufenthalte zu verkürzen oder zu vermeiden. Unsere Arbeit erzeugt einen grossen Mehrwert für Einzelne, aber auch für die Gemeinschaft: Gute Pflege ist essenziell. Das ist ein unterschätztes Potenzial, das im Ernstfall sogar hilft, Todesfälle zu verhindern, und sie leistet einen enormen Beitrag an die Sicherheit der PflegeempfängerInnen. Sich für bessere Rahmenbedingungen, mehr Wertschätzung und genügend Personal einzusetzen, ist nicht egoistisch, sondern ein Dienst, an den jetzigen und zukünftigen PatientInnen, die auf gute Pflege angewiesen sind. Verbessern sich die Bedingungen für das Personal und steigt dadurch die Pflegequalität, kommt das letztlich den Betroffenen zugute und betrifft potenziell alle Menschen in der Schweiz.

In jüngster Vergangenheit gab es hoffnungsvolle Anzeichen eines gesellschaftlichen Umdenkens im Hinblick auf die Care-Arbeit, die mehrheitlich von Frauen erbracht wird. Vielen Menschen wurde in der Corona-Krise bewusster, unter welchen schwierigen Voraussetzungen wir Pflegefachpersonen unsere hochwertigen Leistungen erbringen und wie wenig Wertschätzung wir - im Verhältnis zur Verantwortung die wir tragen - erhalten. Die intensive Berichterstattung der Medien half, das Ansehen des Berufs in der Gesellschaft zu steigern und fand im «Ja» zur Pflegeinitiative ihren vorläufigen Höhepunkt. Jetzt gilt es die Ziele der Initiative in der Praxis umzusetzen.

Die Suche nach neuen, zukunftsfähigen, modernen Lösungen findet aber auch auf anderen Ebenen statt.

Ein Beispiel ist die Pflege durch Angehörige, die seit Januar 2021 teilweise in Form von Assistenzbeiträgen vom Staat abgegolten wird. Betroffene können jetzt bei der AHV oder der

IV Unterstützungsgelder für die erbrachte Arbeit beantragen. Arbeitstätige Personen steht einmal jährlich ein 14-tägiger Betreuungsurlaub zu, um sich von den Strapazen der Pflege ihrer Nächsten zu erholen.

Zudem werden psychische Erkrankungen enttabuisiert. Es laufen verschiedene Aufklärungskampagnen zur Entstigmatisierung. Die Bevölkerung versteht immer besser, dass jede/r betroffen sein kann und dass eine psychische Beeinträchtigung eine Krankheit ist, die Behandlung und Pflege braucht und nichts mit Selbstverschulden zu tun hat. Die Leistungen im Bereich der Psychiatrie werden bekannter, niederschwelliger und erhalten somit von der Allgemeinheit mehr Anerkennung. Dasselbe gilt für die verschiedenen Krankheitsbilder und Versorgungsmodelle für Menschen mit Demenz.

Auch die Medizin entwickelte sich weiter; so wurde etwa die universitäre Altersmedizin etabliert. Diese berücksichtigt die gerontologischen Aspekte und wurde in Lehre und Forschung eingebunden. Der grosse Bedarf an hochwertiger pflegerischer Betreuung alter Menschen gewinnt in der öffentlichen Diskussion an Gewicht.

Weiter ist mit der Palliativmedizin eine neue Fachdisziplin entstanden, die sich in den letzten zwanzig Jahren in der Sterbebegleitung und der Linderung von unheilbarem Leiden professionalisiert hat; die Palliativpflege ist ein unverzichtbarer Teil davon.

Und schliesslich sind präventive und frühdiagnostische Behandlungen ganz allgemein verstärkt in den Fokus gerückt;

damit lassen sich unter anderem Gesundheitskosten einsparen und die allgemeine Volksgesundheit steigt.

Diese Tendenzen stimmen mich optimistisch, doch sie reichen bei Weitem nicht aus: Wir stehen erst am Anfang eines umfassenden Veränderungsprozesses. Das Gesundheitswesen muss sich auf seinen ursprünglichen Auftrag, die Sicherung der öffentlichen Gesundheit, besinnen; die Rahmenbedingungen dazu müssen von der Politik geschaffen werden. Hierzu lohnt sich vielleicht die Überlegung, wie viele Pflegefachlöhne bezahlt werden könnten, mit dem investierten Geld für den Kauf eines Kampfjets.

Mit dem Prinzip «Ursachen- statt Symptombekämpfung» steigen die Chancen auf Heilung!

Im schweizerisch-neo-liberalen System unterstützt das Lobbying der pharmazeutischen Konzerne jedoch die alleinige Fokussierung auf die Symptome. Dies muss man hinterfragen.

Spitäler und andere Institutionen im sozialen Bereich dürfen nicht mehr privatisiert werden und danach einzig den Regeln der Wirtschaftlichkeit folgen. Der Staat kann seine Aufgaben nicht zuverlässig erfüllen ohne Mitbestimmung in den Gesundheitsinstitutionen. Er hat die Fürsorgepflicht, allen in der Schweiz lebenden Personen Zugang zu sämtlichen medizinisch-pflegerischen Leistungen zu erlauben, unabhängig von ihren finanziellen Möglichkeiten. Unterschiede bezüglich der Kostenübernahme von ambulanten und stationären Angeboten müssen behoben werden, die Behandlungen sind gleichwertig; dasselbe gilt auch für die Palliativmedizin,

Geburtshilfe, medizinische Leistungen im Bereich von Seh- und Hörschwächen sowie den Erhalt der Zahngesundheit. Dies alles sollte durch die obligatorische Krankenversicherung und die Kantone zu gleichen Teilen vollumfänglich abgegolten werden. Doch das ist bis heute unerfüllt geblieben.

Die geltenden Regelungen sind ungerecht, und im jetzigen zerstückelten Leistungsabgeltungssystem mit unzähligen Krankenversicherungen die Übersicht zu behalten, ist schwierig. Eine Einheitskrankenkasse könnte Gegensteuer geben und dazu beitragen, den Anstieg der Prämien zu bremsen, da die Kosten des Konkurrenzkampfs und unnötiger Administration wegfallen.

Mit der Einführung eines Grundeinkommens könnten Arbeitslose im sozialen Dienstleistungsbereich eine sinnvolle Aufgabe finden und dadurch das Fachpersonal entlasten. Der Staat und die SteuerzahlerInnen würden damit Geld sparen. Vorher müsste noch eine Lösung gefunden werden, wie für Freiwillige ein nicht monetärer Anreiz geschaffen werden kann, damit sie diese anspruchsvolle Betreuungsarbeit übernehmen.

Der aktuell fragmentierte Zustand der Angebote sollte sich zur integrierten Versorgung hin entwickeln und die verschiedenen Dienste ihre Leistungen koordinieren - von der Versorgung über die Digitalisierung - und Gesundheitsförderung bis hin zur Innovation. Das Augenmerk läge dann auf der Verbesserung einer lückenfreien Angebotskette insbesondere auch für chronisch kranke Menschen, Gesundheitsförderung und Prävention wären fixe Bestandteile der medizinischen

Behandlung und Pflege. Diese Aspekte sind auch im Hinblick auf die Klimaveränderung zentral. Die Pflegefachpersonen spielen eine Schlüsselrolle, wenn es beispielsweise darum geht, auf Hitzewellen und die damit einhergehende Zunahme von Herz-Kreislauf-Problemen und Atemwegserkrankungen oder die Ausbreitung von Infektionskrankheiten – unter anderem durch die Tigermücke - aufmerksam zu machen.

Eine Möglichkeit ist, hierarchische Strukturen durch Holarchien zu ersetzen. Dies bedeutet konkret, dass Vorgesetzte auf die guten Absichten ihrer Mitarbeitenden vertrauen. Im Unternehmen wird gegenüber dem Personal, etwa zu geplanten Projekten, transparent informiert. Die Kommunikation nimmt in jede Richtung zu, nach innen und nach aussen. Die Betriebe arbeiten lösungsorientiert und partizipativ. Dadurch erhalten auch die Angestellten an der Basis und im mittleren Kader die Möglichkeit, sich in den gesamten Prozess einzubringen. Die Vernetzung zwischen dem Betrieb, der Zivilgesellschaft, der Politik und der Wirtschaft ist gewährleistet. Partikularinteressen treten in den Hintergrund, Begegnungen finden auf Augenhöhe statt, das Verständnis der Mitarbeitenden für andere Bereiche und Funktionen wächst und das Prinzip der sozialen Nachhaltigkeit wird erfüllt. Ich bin überzeugt, diese Strukturänderung würde eine Steigerung der Motivation, Kreativität und Produktivität aller Beteiligten bewirken.

Nicht zuletzt brauchen wir eine nationale Pflegestrategie, die das Ziel hat, die Pflegekompetenz im Hinblick auf die Gesundheit der Bevölkerung in alle relevanten

Entscheidungsprozesse einzubinden und dafür entsprechende Strukturen zu schaffen, damit die Versorgung, wie wir sie gewohnt sind, weiterhin leistbar bleibt.

All diese Umstellungen sind herausfordernde Aufgaben, die Planung, Anleitung, Zeit und Ressourcen beanspruchen. Zurzeit sind dafür keine freien Kapazitäten vorhanden, diese müssten zuerst geschaffen werden.

Die zunehmend widrigen Umgebungsfaktoren liessen mich zusammen mit vielen anderen den Beruf aufgeben. Viele meiner noch pflegerisch tätigen KollegInnen möchten das auch, doch sie sind auf ihr regelmässiges Einkommen angewiesen. Sie leiden unter psychischen oder körperlichen Beschwerden, arbeiten aber weiter. Das mündet häufig in einem Burn-out, einer Depression, Suchterkrankung oder Schlafproblemen – eine Entwicklung, die jüngst mit Sorge vom International Council of Nurses (ICN) in einer Studie erhoben und veröffentlicht wurde. Die Corona-Krise verstärkte diesen Effekt und führte zu Massentraumata unter den Angehörigen meines Berufsstands. Wenn wir Pflegenden kämpfen müssen, selber gesund zu bleiben, weil die Arbeitsbedingungen langfristig krank machen, schadet das der Motivation und führt zu frühzeitigem Ausscheiden aus dem Beruf. Der Pflegenotstand wird verschärft und es geht wertvolles Erfahrungswissen verloren.

Für das Jahr 2030 wird ein Pflegefachkräftemangel von 65'000 Personen vorhergesagt. Hierbei wurde die voraussichtlich hohe Anzahl an BerufsaussteigerInnen nach der Pandemie

sowie die vielen in den nächsten Jahren in den Ruhestand Eintretenden noch nicht berücksichtigt. Die Grundversorgung
der Gesellschaft ist akut gefährdet. Es existiert ein extremer
Mangel an Investitionen in den Pflegesektor. Konkret bedeutet das einen Verlust an Qualität, der bereits jetzt deutlich
merkbar ist. Die Menschlichkeit bleibt auf der Strecke, die
Pflege wird zu reiner Abfertigung degradiert - ein Zustand,
den niemand für sich selbst oder seine Angehörigen erleben
möchte.

Ich hoffe, meine Berufsbiografie gibt Anstoss zur vertieften
Diskussion all dieser Themen innerhalb der Gesellschaft und
der Politik.

In einer direkten Demokratie hat die Bevölkerung die Möglichkeit, sich bei gesundheitspolitischen Abstimmungen für
ein umfassendes, humanes Gesundheitssystem einzusetzen.
Dies würde eine Stärkung der öffentlichen Gesundheit bewirken. Die Voraussetzung dafür ist allerdings, dass die wirtschaftlichen Aspekte den sozialen Zielen untergeordnet werden. Erst dann hat das «Gesundheitswesen» seinen Namen
wahrhaftig verdient.

Die Corona-Krise hat offengelegt, wie fatal die neoliberalen
Ideologien sind, deren Sparprogramme und Deregulierungen
wichtige Errungenschaften eines friedlichen Zusammenlebens in Frage stellen. Sie hat uns zudem die Notwendigkeit
eines starken Sozialstaats aufgezeigt, den es zu schützen und
auszubauen gilt. Spätestens jetzt sind alle in der Schweiz lebenden Menschen gefordert, sich angesichts der offensichtlichen Missstände für menschliche und ökologische Werte

einzusetzen, ihren Egoismus zu überwinden und Stellung zu beziehen.

Es braucht Mut, seine Meinung zu ändern und diese öffentlich zu vertreten, doch es ist nötig und unerlässlich für die Weiterentwicklung der Gesellschaft und für den Schutz der Lebensgrundlagen kommender Generationen. Viele müssen die Dringlichkeit erkennen, sich wandeln und furchtlos auch gegen Widerstände vorangehen.

Lasst uns eine sichere, harmonische Gemeinschaft kreieren, auf die wir stolz sein können, in der das Glück und die Gesundheit der Menschen mehr zählt als das Kapital; die Schweiz ist mit ihrem fortschrittlichen politischen System geradezu prädestiniert, Vorreiterin zu sein. Wir haben es gemeinsam in der Hand - es ist noch nicht zu spät, die richtigen Entscheide zu treffen!

Leben
einzeln und frei
wie ein Baum
und brüderlich
wie ein Wald
ist unsere Sehnsucht

Nâzım Hikmet

Dank

Vor ein paar Jahren hätte ich mir nicht vorstellen können, ein Buch zu verfassen, und ohne die Covid-Krise hätte ich womöglich nie mit Schreiben begonnen. Ich bin froh, die Idee, die ich zu Beginn der Pandemie hatte umgesetzt zu haben. Durch das schriftliche Festhalten meiner Erlebnisse und Erfahrungen im Pflegeberuf konnte ich die Zeit der Einschränkungen produktiv und konstruktiv nutzen.

Mein grösster Dank gilt allen BerufskollegInnen sowie allen Mitarbeitenden in systemrelevanten Berufen, die weitergearbeitet haben.

Ihr Durchhaltewille und ihre Risikobereitschaft verdienen grösste Anerkennung und Wertschätzung.

All jene, die sich selbstlos für andere einsetzen, sind zu bewundern und echte Vorbilder für die Menschheit.

Während des Schreibprozesses wurde ich von meinem Lebenspartner immer wieder motiviert, an meine Fähigkeit als Autorin zu glauben. Seine wohlwollenden Worte gaben mir Kraft, dieses Projekt trotz Selbstzweifeln zu Ende zu bringen. Das war eine äusserst wertvolle Unterstützung.

Meine Eltern möchte ich lobend erwähnen, da sie mir die freie Berufswahl ermöglicht und mich finanziell während der Ausbildungen immer unterstützt haben. Ohne sie hätte ich diese abwechslungsreiche berufliche Laufbahn mit Umwegen nie gehen können. Das weiss ich sehr zu schätzen.

Eine unverzichtbare Hilfestellung bekam ich von meiner Tante, sie unterzog meinen Text einer ersten Korrektur und machte mich auf sprachliche Ungereimtheiten aufmerksam. Das war die beste Vorbereitung für die Weitergabe der Biografie an meine Lektorin und einer Redaktionsmitarbeiterin der Zeitschrift des Berufsverbands (SBK), die für den nötigen Feinschliff sorgten, herzlichen Dank dafür.

In den meisten Begegnungen mit Menschen im Berufsleben durfte ich grosse Wertschätzung erleben. Ich möchte insbesondere all meine PatientInnen und ihre Angehörigen erwähnen. Sie begegneten mir mit Offenheit und schenkten mir ihr Vertrauen, was nicht selbstverständlich ist. Sie liessen mich Anteil nehmen an ihrem Leben, ihren Sorgen, ihren Freuden und ihrem Leiden. Durch sie konnte ich selbst wachsen und reifen. Sie bleiben in meiner Erinnerung und in meinem Herzen und sind dadurch ein Teil von mir geworden. Die Dankbarkeit die ich in meiner Arbeit ernten durfte, empfand ich immer als den grössten Lohn für meinen Einsatz. Fühlten sich Betroffene glücklich, weil ihre Lebensqualität durch geeignete pflegerische Massnahmen verbessert wurde, erfüllte dies auch mich mit grosser Zufriedenheit.

Gute Soziale Arbeit gelingt nur dank konstruktiver und interprofessioneller Zusammenarbeit. Ich fand in all den Jahren unzählige wertvolle Kontakte zu einem grossen Netz an Mitarbeitenden in diversen Institutionen im sozialen Bereich. Auch ihnen möchte ich Danke sagen für die gelebte Kollegialität und Unterstützung.

Mein Werdegang brachte mich in mehrfacher Hinsicht auch persönlich weiter - jede Erfahrung war wichtig und richtig. Ich schreibe nun diese letzten Sätze und empfinde ein Gefühl der Ganzheit. Alles wurde an den richtigen Platz gerückt. Nun kann ich einen Schlussstrich ziehen und mit Enthusiasmus die Zukunft anpacken.

Anhang

Fachbegriffe-Verzeichnis

adaptiv	auf Adaptation beruhend, sich anpassend, anpassungsfähig
Aerosol	Heterogenes Gemisch aus festen oder flüssigen Schwebeteilchen in einem Gas. Wird häufig im Zusammenhang mit der Coronavirus-Übertragung in Innenräumen erwähnt.
Alternativwährung	Auch als Komplementärwährung oder Regionalwährung bezeichnetes alternatives Zahlungsmittel. Dazu braucht es die Vereinbarung innerhalb einer Gemeinschaft, etwas zusätzlich neben dem offiziellen Geld als Tauschmittel zu akzeptieren.
altruistisch	Selbstloses Handeln, Uneigennützigkeit
Anästhesie	Zustand der Empfindungslosigkeit zum Zweck einer operativen oder diagnostischen Massnahme, sowie medizinisches Verfahren, das diesen Zustand herbeiführt.
Anthropologie	Menschenkunde, Lehre vom Menschen

Assistenzbeiträge	Unterstützungsbeiträge der schweizerischen Invalidenversicherung oder der Hilflosenentschädigung. Mit diesem finanziellen Beitrag können Assistenzpersonen eingestellt werden, die im Alltag die entsprechende Hilfe leisten.
Brainstorming	Methode zur Ideenfindung, die die Erzeugung von neuen, ungewöhnlichen Ideen in einer Gruppe von Menschen fördern soll.
Brundtland-Kommission	1983 gegründete Weltkommission für Umwelt und Entwicklung der Vereinten Nationen
Care-Arbeit	Tätigkeit des Sich-Kümmerns. Der Ausdruck «care work» entstand in den 1990er-Jahren im Zuge der zweiten Frauenbewegung.
Case Management	auch Fallführung oder Versorgungsmanagement; steht für ein Ablaufschema in der Sozialen Arbeit. Das Ziel im Case Management ist eine wohlorganisierte, koordinierte und bedarfsgerecht auf den einzelnen Fall zugeschnittene Hilfeleistung.
dehydrieren	austrocknen. Alte Menschen trinken oft zu wenig und trocknen dadurch innerlich aus.

Dekubitus	lokale Schädigung der Haut und des darunterliegenden Gewebes aufgrund von längerer Druckbelastung, die die Durchblutung der Haut stört
Demenz	Überbegriff für unterschiedliche Erkrankungen, deren Hauptmerkmal eine Verschlechterung von mehreren geistigen (kognitiven) Fähigkeiten im Vergleich zum früheren Zustand ist. Sie können durch verschiedene degenerative und nichtdegenerative Erkrankungen des Gehirns entstehen.
Depression	psychische Störung bzw. Erkrankung. Typische Symptome einer Depression sind gedrückte Stimmung, häufiges Grübeln, das Gefühl von Hoffnungslosigkeit und ein verminderter Antrieb.
Deregulierung	wirtschaftspolitischer Begriff: Vereinfachung von Marktregulierung durch den Abbau staatlicher Vorschriften und Normen
Dermatologie	Fachbereich der Medizin, der sich mit dem Aufbau und den Funktionen der Haut sowie der Diagnostik und Behandlung von Erkrankungen dieses Organs befasst

Ecovillage-Network	Eigenbezeichnung eines weltweiten Netzwerks von ökologisch orientierten Gemeinschafts-Wohnprojekten
Einheitskranken-kasse	Mit einer Einheitskrankenkasse gäbe es nur noch eine obligatorische Krankenversicherung in der Schweiz. An Volksabstimmungen wurde das Anliegen der Initiantinnen und Initianten bisher abgelehnt.
empathisch	einfühlsam, mitfühlend, feinfühlig, sensibel
fermentieren/Fermentation	Gärungsprozess, der dem Konservieren von Lebensmitteln dient. Dies geschieht entweder durch Zugabe von Bakterien-, Pilz- oder sonstigen biologischen Zellkulturen oder durch den Zusatz von Enzymen.
Food Waste	Lebensmittelverschwendung, -vergeudung
forensisch	Die forensische Psychiatrie ist ein Teilgebiet der Psychiatrie, das sich mit der Begutachtung, der Unterbringung und der Behandlung von psychisch kranken Straftätern befasst.
Friday's for Future	globale soziale Bewegung, ausgehend von Jugendlichen und Studierenden, die sich für möglichst umfassende, schnelle und effiziente Klimaschutzmassnahmen einsetzen

gerontologisch/Gerontologie	Wissenschaft vom Altern; untersucht Alterungsvorgänge unter biologischen, medizinischen, psychologischen und sozialen Aspekten und betrachtet die mit der Alterung verbundenen Phänomene, Probleme und Ressourcen
gerontopsychiatrisch	psychiatrisches Fachgebiet, das sich mit älteren Menschen und ihren psychischen Erkrankungen befasst
Grey's Anatomy	US-amerikanische Fernsehserie, die in einem fiktiven Spital spielt
Hämorriden	arteriovenöse Gefässpolster, die ringförmig unter der Enddarmschleimhaut angelegt sind und dem Feinverschluss des Afters dienen. Meist sind damit vergrösserte oder tiefer getretene Hämorrhiden im Sinne eines Hämorrhidalleidens gemeint.
Holarchie/holistisch	ein Ganzes, das Teil eines anderen Ganzen ist. So ist zum Beispiel eine Zelle für sich ein Ganzes, jedoch Teil eines umfassenderen Ganzen, beispielsweise dem menschlichen Körper. Eine so entstehende Hierarchie von Holons nennt man Holarchie.

Imperialismus	Bestreben eines Staatswesens bzw. seiner politischen Führung, in anderen Ländern oder bei anderen Völkern politischen und wirtschaftlichen Einfluss zu erlangen, bis hin zu deren Unterwerfung und zur Eingliederung in den eigenen Machtbereich
Interaktion	Wechselseitiges Aufeinander-Einwirken von Akteuren oder Systemen; eng verknüpft mit den übergeordneten Begriffen Kommunikation, Handeln und Arbeit
interprofessionell/transdisziplinär	Nutzung von Ansätzen, Denkweisen oder zumindest Methoden verschiedener Fachrichtungen
International Council of Nurses	Verband von mehr als 130 nationalen Krankenschwesternverbänden, die mehr als 27 Millionen Krankenschwestern weltweit vertreten
Kaskadennutzung	Nutzung eines Rohstoffs über mehrere Stufen
Kinästhetik	eine Bewegungslehre; vermittelt die Fähigkeit, Bewegung und Bewegungsempfindung als Mittel der Arbeit mit Menschen einzusetzen, so auch in der Pflege

Kohorte	In der Soziologie, Demografie und Statistik sind Kohorten Gruppen von Personen, die gemeinsam ein bestimmtes längerfristig prägendes Ereignis erlebt haben. Die Einteilung in Kohorten kann der Abgrenzung von Bevölkerungsgruppen dienen.
Lobbying	aus dem Englischen übernommene Bezeichnung für Interessenvertretung in Politik und Gesellschaft, bei der Interessengruppen – vor allem durch die Pflege persönlicher Verbindungen – die Exekutive und die Legislative zu beeinflussen versuchen
lösungszentrierter Ansatz	spezielle Art der Gesprächsführung, die von dem Standpunkt ausgeht, dass es hilfreicher ist, sich auf Wünsche, Ziele, Ressourcen, Ausnahmen vom Problem zu konzentrieren anstatt auf Probleme und deren Entstehung
Mediation	strukturiertes, freiwilliges Verfahren zur konstruktiven Beilegung eines Konflikts, bei dem unabhängige „allparteiliche" Dritte die Konfliktparteien in ihrem Lösungsprozess begleiten. Die Konfliktparteien versuchen dabei, zu einer gemeinsamen Vereinbarung zu gelangen, die ihren Bedürfnissen und Interessen entspricht.

Memory-Klinik	spezialisierte Klinik zur Abklärung von Symptomen chronischer Vergesslichkeit
neoliberale Marktwirtschaft	auch Neoliberalismus genannt, bezeichnet eine Neubelebung wirtschaftsliberaler Ideen im 20. Jahrhundert. Wie der Klassische Liberalismus strebt er eine freiheitliche, marktwirtschaftliche Wirtschaftsordnung an und lehnt staatliche Eingriffe in die Wirtschaft beinahe gänzlich ab.
Neuroleptikum/Neuroleptika	Arzneimittel aus der Gruppe der Psychopharmaka, die eine dämpfende und antipsychotische (den Realitätsverlust bekämpfende) Wirkung besitzen
palliativ	schmerzlindernd; die Beschwerden einer Krankheit lindernd, aber nicht (mehr) die Ursachen einer Krankheit bekämpfend
Partikularinteressen	Als Partikularinteresse wird in der Politikwissenschaft ein Interesse von kleineren Einheiten bezeichnet, die dem Ganzen gegenüber ihren Willen vorrangig durchsetzen oder dieses zumindest beanspruchen.
Partizipation/partizipativ	Beteiligung, Teilhabe, Teilnahme, Mitwirkung, Mitbestimmung, Mitsprache, Einbeziehung usw.

Pathologie	Lehre von den abnormalen und krankhaften Vorgängen und Zuständen im Körper und deren Ursachen
Pathophysiologie	Kombination der Begriffe Pathologie und Physiologie; wird dazu verwendet, um in der Medizin zu beschreiben, wie der Körper unter den krankhaften Veränderungen abweichend funktioniert und welche Funktionsmechanismen zu der krankhaften Veränderung führen
Patientenverfügung	schriftliche Willenserklärung einer Person, für den Fall, dass sie ihren Willen nicht (wirksam) gegenüber Ärzten, Pflegenden oder Einrichtungsträgern erklären kann. Sie bezieht sich auf medizinische Massnahmen wie ärztliche Heileingriffe, und steht oft im Zusammenhang mit der Verweigerung lebensverlängernder Massnahmen.
personenzentriert	Ansatz, der sich in Bezug auf die medizinisch-pflegerische Begleitung und Behandlung an der Lebenssituation des Einzelnen orientiert
Politökonomin	Wissenschaftlerin, die sich mit dem zentralen Thema der Verteilung von gesellschaftlichen Ressourcen – Geld, Macht, Legitimität – zwischen den verschiedenen Gruppen in Staat und Gesellschaft sowie den Mechanismen.

Prävention/prä-ventiv	Massnahmen, die darauf abzielen, Risiken zu verringern oder die schädlichen Folgen von unerwünschten Situationen abzuschwächen. Der Begriff der Vorbeugung wird synonym verwendet. Präventiv lässt sich davon ableiten und meint: vorbeugend, verhütend; eine bestimmte, nicht gewünschte Entwicklung verhindernd.
qualitatives Interview	Methode der Sozialforschung
Regionalwährung	auf eine Region begrenzte Komplementärwährung (siehe Alternativwährung)
Regionalwert-schöpfung	Gesamtheit der wirtschaftlichen Leistungen einer Region sowie dem in der Region erzeugten Nutzen für die Kommunen
Rekonvaleszenz	Genesung, Heilung
Resilienz	psychische Widerstandskraft; Fähigkeit, schwierige Lebenssituationen ohne anhaltende Beeinträchtigung zu überstehen

Sars-Cov-2	Das Virus SARS-COV-2, auch als Schweres-akutes-Atemwegssyndrom-Coronavirus Typ 2 bezeichnet, umgangssprachlich (neuartiges) Coronavirus genannt, ist ein dem SARS-Erreger ähnliches Betacoronavirus mit wahrscheinlich zoonotischem Ursprung.
schizophren	Als schizophrene Psychose oder Schizophrenie werden psychische Erkrankungen bezeichnet, die zur Gruppe der Psychosen gehören. Im akuten Krankheitsstadium treten bei schizophrenen Menschen charakteristische Störungen im Bereich der Wahrnehmung, des Denkens, des Gefühls- und Gemütslebens, der Willensbildung, der Psychomotorik und des Antriebs auf.
Seniorenforum	Internetplattform, die Angebote für Seniorinnen und Senioren gebündelt präsentiert sowie Möglichkeiten zur Vernetzung mit Dienstleistern und untereinander schafft
somatisch	das, was sich auf den Körper bezieht; körperlich

Sozialtraining	Das Training sozialer Kompetenzen bezeichnet verschiedene Verfahren, die es ermöglichen sollen, z. B. durch standardisierte Trainingsmethoden die sozialen Fähigkeiten zu erhöhen.
Soziokultur/sozio-kulturell	bezeichnet die Summe aus allen kulturellen, sozialen und politischen Interessen und Bedürfnissen in einer Gesellschaft
Soziologie	Wissenschaft, die sich mit der empirischen und theoretischen Erforschung des sozialen Verhaltens befasst
Spätdyskinesien	Nebenwirkung von Neuroleptika, unkontrollierte Gesichtsbewegungen
Staphylokokken-Bakterien	med.: Staphylococcus aureus; gehört beim Menschen zur normalen Besiedlungsflora der Haut und Schleimhaut, kann aber auch pathogen (krankhaft) sein und ist u. a. verantwortlich für Haut- und Weichgewebsinfektionen
Stigmatisierung	wenn eine Person oder eine Gruppe von Personen von anderen durch gesellschaftlich oder gruppenspezifisch negativ bewertete Merkmale charakterisiert wird
Supervision	Form der Beratung für Mitarbeitende, die zur Reflexion eigenen Handelns anregen sowie Qualität professioneller Arbeit sichern und verbessern soll

Suprapubischer Blasenkatheter	Blasenkatheter, der oberhalb des Schambeins durch die Bauchwand in die Harnblase eingeführt wird und so den Urin unter Umgehung der Harnröhre ableitet.
sustainability	Nachhaltigkeit; Handlungsprinzip zur Ressourcen-Nutzung, bei dem eine dauerhafte Bedürfnisbefriedigung durch die Bewahrung der natürlichen Regenerationsfähigkeit der beteiligten Systeme (vor allem von Lebewesen und Ökosystemen) gewährleistet werden soll
Taggeldversicherung	von schweizerischen Krankenkassen angebotene Zusatzversicherung. Die Aufgabe des Krankentaggeldversicherung besteht darin, den Lohn- und Gehaltsausfall infolge der Arbeitsunfähigkeit aufgrund einer Krankheit, eines Unfalls oder Mutterschaft zu ersetzen
Transaktionsanalyse	psychologische Theorie der menschlichen Persönlichkeitsstruktur; erhebt den Anspruch, anschauliche psychologische Konzepte zur Verfügung zu stellen, mit denen Menschen ihre erlebte Wirklichkeit reflektieren, analysieren und verändern können

Transformations-forschung	Forschungsrichtung, die der grundlegenden Veränderung eines politischen Systems und gegebenenfalls auch der gesellschaftlichen und wirtschaftlichen Ordnung auf den Grund geht
Transition-Town-Bewegung	„Stadt im Wandel"; international, digital und lokal organisierte Bewegung, die mit Umwelt- und Nachhaltigkeitsinitiativen in vielen Städten und Gemeinden der Welt den geplanten Übergang in eine postfossile, relokalisierte Wirtschaft vorantreibt
UN-Konferenz/UNO	zwischenstaatlicher Zusammenschluss von 193 Staaten und als globale internationale Organisation ein uneingeschränkt anerkanntes Völkerrechtssubjekt; hält regelmässig Konferenzen zu verschiedenen Themen ab
Upcycling	Umwandlung (scheinbar) nutzloser Abfälle und Stoffe in neue Produkte
Validation	Methode und Haltung im Umgang mit Menschen mit Demenz. Zum einen wird eine wertschätzende Haltung ausgedrückt, zum anderen versteht sie sich als besondere Kommunikationsform, die von einer akzeptierenden, nicht korrigierenden Sprache geprägt ist, die die Bedürfnisse des betroffenen Menschen zu verstehen und zu spiegeln versucht.

vaskuläre Demenz	subkortikale arteriosklerotische Enzephalopathie; eine durch Gefässveränderungen (Arteriosklerose) hervorgerufene Erkrankung des Gehirns, die unterhalb der Grosshirnrinde zu Schädigungen (Pathologien) führt
Verantwortungsethik	ethische Systeme, die bei Entscheidungen zwischen Handlungsalternativen oder bei der normativen Beurteilung von Handlungen die tatsächlichen Ergebnisse und deren Verantwortbarkeit in den Vordergrund stellen
Vetorecht	Recht zum Einlegen eines Einspruchs innerhalb eines formell definierten Rahmens. Damit können Entscheidungen aufgeschoben oder ganz blockiert werden.
Vulnerabilität	Verwundbarkeit, Verletzbarkeit; Empfänglichkeit für bestimmte Erkrankungen
World Health Organisation (WHO)	Weltgesundheitsorganisation; Sonderorganisation der Vereinten Nationen mit Sitz in Genf. Das Ziel der Organisation ist die Koordination des internationalen öffentlichen Gesundheitswesens. Sie zählt heute 194 Mitgliedsstaaten.

Beispiel eines Ausschnitts einer Pflegeplanung

Problem	Ziel	Massnahmen
Herr Y. kann aufgrund einer Hörschwäche eles nicht verstehen	Herr Y. erhält trotzdem alle wichtigen Informationen. Er fühlt sich aufgrund der Hörschwäche nicht von seinen Mitmenschen ausgeschlossen.	Im Gespräch mit Herrn Y. spricht die Pflege langsam und deutlich. Sie überprüft regelmässig, ob er das Gesagte verstanden hat und ob er sich wohl fühlt.
Herr Y. ist Diabetiker. hat einen unregelmässigen Blut-zuckerspiegel. Er isst nachmittags Schokolade.	Der Blutzuckerspiegel von Herrn Y. ist stabil, er entspricht dem therapeutischen Wert. Herr Y., verzichtet auf Schokolade. Er kennt den negativen Einfluss des Zuckerkonsums auf seine Gesundheit.	Der Blutzuckerspiegel wird 3 x täglich gemessen. Die Pflege bietet Herrn Y. nachmittags eine Zwischenmahlzeit an, die der Diät für Diabetiker entspricht. Sie berät ihn bei alltäglichen Fragen zur Ernährung. Falls nötig organisiert sie eine Ernährungsberatung.

Die Datums-, Evaluations- und Visumsspalten wurden aus darstellerischen Gründen weggelassen.